講談社文庫

斬旗党

公家武者　信平《のぶひら》（十六）

佐々木裕一

JN166665

講談社

目次

『公家武者 信平』の主な登場人物

◉鷹《たか》司《つかさ》松《まつ》平《だいら》信《のぶ》平《ひら》

家光《いえみつ》の正室・鷹司孝子《たかこ》（後の本《ほん》理《り》院《いん》）の弟。
姉を頼り江戸にくだり
武家となる。

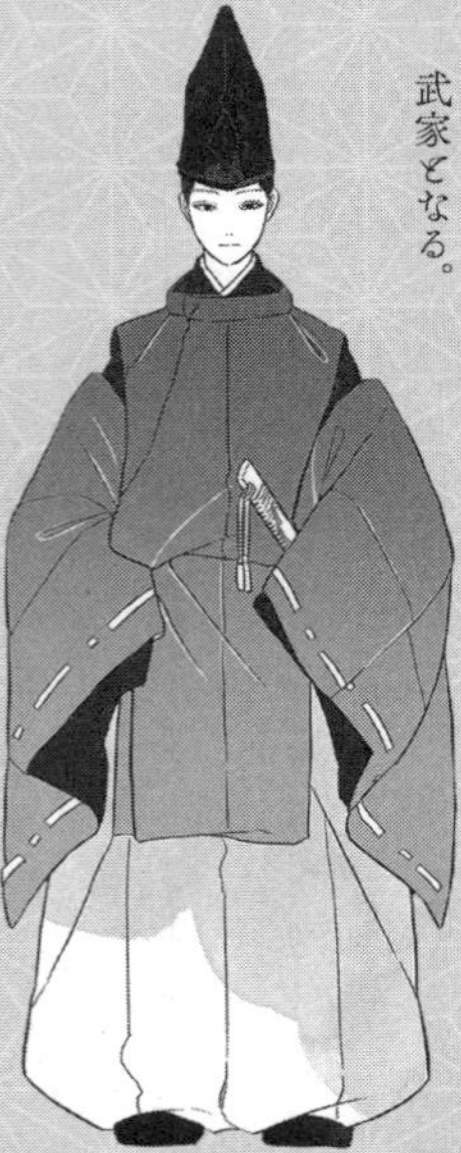

◉松《まつ》姫《ひめ》

徳川頼宣《とくがわよりのぶ》の娘。
将軍・家綱《いえつな》の命で信平に嫁ぐ。

◉信《のぶ》政《まさ》

信平と松姫の一人息子。
元服を迎え福千代から改名。京で道謙に師事し、
修行の日々を送っている。

◉五《ご》味《み》正三《しょうぞう》

北町奉行所与力。
ある事件を通じ信平と知り合い、
身分を超えた友となる。

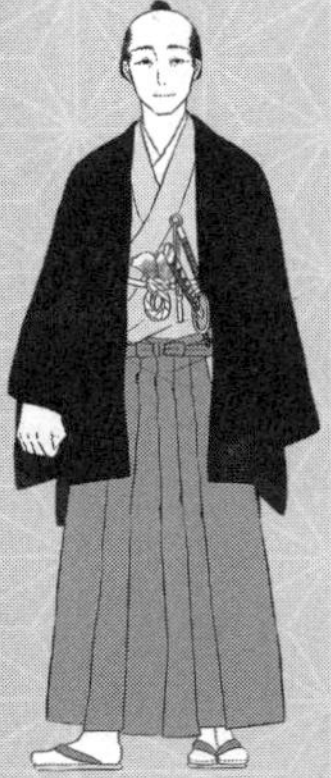

◉**お初《はつ》**　老中・阿部豊後守忠秋《あべぶんごのかみただあき》の命により、信平に監視役として遣わされた「くのいち」。のちに信平の家来となる。

◉**葉山善衛門《はやまぜんえもん》**

家督を譲った後も家光に仕えていた旗本。家光の命により信平に仕える。

◉**道謙《どうけん》**　公家だった信平に、京で剣術を教えた師匠。信政を京に迎える。

◉**有泉《ありいずみ》 剱《つるぎ》**　京で信政と知り合う。浪人だったが、鷹司松平家に召し抱えられ、江戸で信平に仕えている。

◉**江島佐吉《えじまさきち》**「四谷の弁慶」を名乗る辻斬りだったが、信平に敗れ家臣になる。

◉**千下頼母《せんげたのも》**　病弱な兄を思い、家に残る決意をした旗本次男。信平に魅せられ家臣に。

◉**鈴蔵《りんぞう》**　馬の所有権をめぐり信平と出会い、家来となる。忍びの心得を持つ。

イラスト・Minoru

斬旗党——公家武者 信平《のぶひら》（十六）

第一話　斬旗党《ざんきとう》

一

番町《ばんちょう》の旗本高島《たかしま》家に賊が忍び込んだのは、空風が強い日の夜のことだ。

翌朝になって、毎朝食材を届けている商人から知らせを受けた隣家の旗本が駆け付けたところ、首を持ち去られた当主の骸《むくろ》と、側近の家来数名の斬殺体が表の庭にあり、家族と他の家来たちはその骸の前で縛られ、身動きできぬまま悲しみに暮れていた。

盗まれたのは、当主が自慢していた刀と、金蔵の小判だった。訃報に接して駆け付けた高島家の親戚の者が、当主の死よりも家宝を失ったことをなげくほどの名刀だったらしい。

それにしても、五千石の高島家には家来と下働きの者が七十人近くいるというのに、隣家の者が気付かぬとはどういうことか。

隣家の当主をはじめ公儀の者たちは、

「賊は並々ならぬ者どもよ」

こう述べ、生き残っている者を尋問した。

それで明らかになった賊の手口は、忍び技ともいうべきか、宿直《とのい》の者に気付かれることなく屋敷《やしき》に侵入し、御殿に眠る当主を捕らえた。寝所《しんじょ》を守る者を置いていなかったのが、高島家の落ち度と言えよう。賊はすぐさま、あるじの首を取ろうとしたが、奥方が口を塞いでいる賊の手を嚙《か》んで助けを求めたことで、家来たちが駆け付けた。

だが賊は剣技に勝り数名が斬殺され、あるじと奥方の首に刃物を当てて脅し、家来たちを縄で縛った。

そうしておいて、まるで見せしめのように、皆の前であるじの首を討ち取ったのだ。

盗みを働くなら、商家を狙ったほうが楽に大金を手に入れられるはず。

だが賊は、「斬旗党推参《すいさん》」と書かれた札をあるじの骸に貼り付け、首を持ち去ったのである。

「狙いは旗本か」

家来を尋問した者たちはそう話したものの、宝刀と蔵の金が盗まれているため、やはり狙いは財宝だということになった。

ところが、翌日は牛込台《うしごめだい》の旗本増田《ますだ》家が襲われ、金は盗まれず「斬旗党推参」の札が当主の骸に置かれていた。

そして、増田家の惨事が発覚した明け方、遠く離れた日本橋《にほんばし》の高札場《こうさつば》では、持ち去られていた高島と増田の首が晒《さら》しものになっているのが見つかり、さらには、両家から盗まれた宝刀が首の前に置かれ、小判はなぜか、日本橋の商家の目の前に置かれていた。これが元で、旗本が賊に殺されたことが江戸中に広まることとなった。

斬旗党の狙いは旗本の首だ。

事態を重く見た公儀は、すべての旗本に沙汰《さた》を出し、各々《おのおの》の屋敷の守りを固めさせた。そして大名家には、江戸市中の見回りが命じられた。

どこが狙われるか分からないため、旗本は他家と共闘できず、己の屋敷を守るしかなかったのだ。

この事態により、鷹司《たかつかさ》松平信平《まつだいらのぶひら》も例外なく、公儀からの沙汰を受けて屋敷の警固《けいご》を厳重にしていた。

夜は篝火《かがりび》を絶やさず、家中の者が交替で寝ずの番をしている。

朝になると警戒を解かせていた信平は、手が空いた者から食事をとらせ、皆が落ち着いたところで、居間で側近の者たちとくつろいでいた。

北町奉行所与力《よりき》の五味正三《ごみしょうぞう》が来たのは、信平が遅い朝餉《あさげ》をとっていた時だ。

ひょっこりと廊下におかめ顔を出し、いつものとぼけた様子で入ってくると、

「ご相伴《しょうばん》にあずかります」

などと笑顔で言い、台所でお初《はつ》に調《ととの》えてもらった膳を置いて座った。

共に食事をしていた葉山善衛門《はやまぜんえもん》が、箸を置いて問う。

「宿直明けか」

熱い味噌汁《みそしる》をすすろうとしていた五味は、善衛門に顔を上げて答える。

「いいえ」

「そうか」

「いただきます」

「それにしては来るのが早いではないか」

五味はまた汁椀《しるわん》から顔を上げた。

「目がさめた途端にお初殿の味噌汁が飲みたくなったのですよ」

「うむ」

「今日はわかめと豆腐ですな」

五味が嬉《うれ》しそうにすすろうとすると、

「暇なのか」

善衛門が言うものだから、また飲みそこねて苛立《いらだ》った。

「あの、せっかくの味噌汁が冷めてしまいますから一口だけ飲ませてくださいませんか？」

「おおすまん、気が利かなんだ」

促されてようやく一口すすった五味は、目をつむる。

「旨《うま》い。これを毎日いただける日は、いつになったら来るのでしょうか」

「毎日のように飲んでおるではないか」

善衛門が返すと、

「そういう意味では……」

五味は白けた顔をしたが、まあいいやと言って汁椀を置かず、味噌汁を堪能《たんのう》しながら信平に市中の様子を語った。

「旗本の方々は連日眠れない夜をお過ごしでしょうが、町方はいたって平穏で、大きな事件がないので暇なのですよ。きっとあれですな、大名家の方々が市中の見回りをされているおかげで、町の連中は用がない者は出歩きませんし、悪党どもも家に引き籠もっているのでしょうね」

味噌汁をすする五味に、善衛門が口をむにむにとやって不機嫌になる。

「おい、こりゃ。何を呑気《のんき》なことを言うておるのだ。こうしておるあいだも、賊はのうのうと生きておるのだぞ。少しは働かぬか」

五味は咳《せ》き込みそうになったが、胸をたたいて耐えた。

「ああ、鼻から味噌汁が出るかと思いました。ご隠居、お言葉を返しますけどね、賊は旗本ばかり狙うのですから、町奉行所に出番はないんです」

「知っておるわ。それでも何かせぬか」

「これでも自分なりに目を光らせていたんですが、襲われた旗本のことはまったくもって何も教えていただけないのですから、下手人の影すら見えないんです」

五味は味噌汁を飲み干して汁椀を置き、改めて信平に告げた。

「というわけでして信平殿、あまりに暇ですので、しばらくここに滞在する許しをお奉行からいただいてきました」

善衛門と五味のやりとりを聞きつつ、とっくに食事を終えて茶をすすっていた信平は、微笑《ほほえ》んだ。

「朝から上機嫌だと思うていたが、そういうことであったか」

「はい」

にっこりと笑った五味は汁椀を手にして立ち上がった。

「今日から助太刀をしますので、力を付けるためにおかわりをいただいてきます」

飄々《ひょうひょう》と言い、足取り軽くお初のところに行った五味は、ほどなく戻ってきた。

黙って座るものだから、善衛門と今後の話をしていた信平が目を向けると、左の頬に、くっきりと手の痕が付いていた。

信平が痛そうな顔をしていると、善衛門が笑いをこらえながら問う。

「なかなか良い顔色をしておるな。何をしたのだ」

「何もしていません。今日から泊まることになったんで、一緒に寝ようと誘ったら、非常時によく言えたものだと叱られました。あは、あはは」

それでも、おかわりの味噌汁はちゃんともらっているため、善衛門は鼻息を荒くする。

「このような時に戯《たわむ》れるな馬鹿者め」

すると五味は言い返した。

「賊が信平殿の屋敷に来れば、すぐにこの件は落着するでしょ」

呑気な五味に、善衛門はうなずく。

「まあそうだが……」

このやりとりを、先ほどから啞然《あぜん》として見ている新入りがいる。有泉《ありいずみ》劔《つるぎ》だ。

気付いた五味は劔のところに行き、肩をたたいた。

「そういうことだから、気を張らなくてもいいぞ」

顔色が青いではないか、と的外れなことを言って笑う。

そんな五味に対し、劔は戸惑いながらもはいと答え、紅葉《もみじ》がくっきり浮いている頰を見て言う。

「本気でたたかれたようですね」

すると五味は真顔で言う。

「お初殿は身体《からだ》が細く見えるが、鍛え抜かれているのだ。怒らせるとこうなるから気をつけろ。たたかれて喜ぶのはおれだけだ」

一変して嬉しそうに笑いながら信平のところに戻る五味に、劔は珍しい生き物を見るような顔をしている。

「そのうち慣れる」

ぼそりと言う信平に、鋺は真顔で頭を下げた。

廊下に出た五味が信平に振り向く。

「信平殿、月見台に奥方様と朋姫《ともひめ》が出ておられますぞ。何やら楽しそうですな」

「兎《うさぎ》が来ておるのであろう」

「飼っているのですか」

「庭に住み着いたようだが、朋に懐いているのだ」

信平が廊下に出ると、月見台の先にある庭を一羽の兎が跳ねているのが見えた。

朋が松姫《まつひめ》と笑顔で語り合う姿は、賊のせいで殺伐とした屋敷内の空気を和らげてくれる。

五味は晴れ渡った空を見上げ、両手を広げて息を吸い込んだ。

「賊は、旗本の何を恨んでおるのでしょうな」

伊達《だて》に与力になったわけではない五味の勘は鋭い。

「やはり恨みと思うか」

「殺された二人のことは、信平殿のほうがよく知っておられるのでは？」

「両名とも家督を継いで間がなく、言葉も交わしたことがないのだ。両家の先代も病がちでほぼ登城しておらぬゆえ、よく知らぬ」

「そうでしたか」

「そなたはまことに、何も知らないのか」

「ええ、知りません。ただ、日本橋で首が見つかった時に駆け付けたのですが、下手人は相当な遣い手だと、切り口を見た者が言うておりました」

旗本の屋敷に忍び込み、気付かれぬうちに寝所に入るのは容易ではない。鍛錬を重ねたのも、積年の恨みを力に変えたからだろうか。

そう思う信平は、五味に問う。

「市中で、両家について何か耳にするか」

五味は首を左右に振った。

「それが不思議なことに、些細《ささい》な噂《うわさ》すらないのです。逆に御公儀は、両家についてどう評されているのですか」

「善衛門が探ったところ、両家とも先代が十年前に病を理由に役を辞し、以後は細々と御家を守っていたそうだ」

「恨まれているようには思えませんな。斬旗党というのがいかにも不気味です。旗本ならば誰でもいいから命を奪うとなると、気を引き締めなければいけません」

話しているうちに不安が増したのか、五味は大真面目な顔で、屋敷を探る者がいないか周囲を見てくると言った。

善衛門が止める。

「賊が動くのは日が暮れてからだ。助太刀をするなら、今はよう休んでおけ」

「ちょっと見てくるだけですから」

五味は聞かずに出ようとするので、善衛門も続いて立ち上がった。

「では、わしも行こう」

なんだかんだと言いながら、五味を一人で行かせるのが心配なのだろう。

善衛門は信平に、すぐ戻りますと言って、五味の背中を押した。

信平は、領地をまかせている家来たちから届けられた書状に目を通すべく、自室に戻った。

宇治五ヶ庄《うじごかしょう》にいる千下頼母《せんげたのも》が書いてよこしているのは、息子の信政《のぶまさ》が訪ねてきたという話だ。

師匠道謙《どうけん》のために茶を求めに来たと本人は言っていたそうだが、本音は劔がうまくやっているか、父から何か聞いていないか、それとなく訊《き》いてきたという。

心配する信政の表情を思い浮かべた信平は、微笑んだ。そして、廊下に控えている劔に言う。

「信政が、そなたのことを案じているようじゃ」

するとそ劔は、嬉しそうな顔をした。

「若君は、いつ頃お戻りになりますか」

「残念だが、まだ先になろう」

信政は学ぶことがまだあるが、信平はわけを言わなかった。

劔は目を伏せて寂しそうな顔をしたが、信政が修行の只中《ただなか》であると理解しているだけに、すぐに表情を明るくする。

「楽しみにお待ちしております」

そこへ、出かけたはずの善衛門が戻ってきた。

「殿、表門に行きましたところ、浅田《あさだ》有才《ゆうさい》と名乗る浪人者が、六人の仲間と共に目通りを願ってきましたぞ」

「何用か」

「それがどうにも怪しいのです。老中首座の稲葉《いなば》美濃守《みののかみ》正則《まさのり》殿から、夜回りを千両で請け負い相模《さがみ》からまいったゆえ、ご高名な殿に是非ともあいさつをしたいと申します」

相模は稲葉家の領地だ。

断る理由もない信平は快諾したが、善衛門は胡散臭《うさんくさ》いという。

「人相がよろしくありませぬから、ここは用心のため断ったほうがよろしいかと」

「稲葉老中の名を出されては断れまい」

善衛門もそう思うからこそ、取り付く島もなく追い返しはしなかったはずだ。

信平が劔に命じる。

「書院の間に通せ」

「はは」

足早に向かう劔を見送った信平は、七人が揃《そろ》ったところで、書院の間に出た。

五味も廊下に控えており、信平に目配せする。

七人は旅で着物が汚れているのを理由に座敷《ざしき》に上がらず、庭に控えていた。

信平が広縁に座ると、頭を下げていた七人は顔を見せた。

紺色の羽織と裁着袴《たつつけばかま》を着た六人を従えている男は、善衛門が言うほど胡散臭くはなく、信平はむしろ、良い面構えをした好人物とみた。

有才が嬉しそうな顔をする。

「信平様のお噂はかねてより聞いており、一度お目にかかりたいと思うておりました」

「稲葉老中に雇われたそうじゃが」

「いかにも。ここに控える者たちは皆、腕に覚えのある者ばかりゆえ、お声がけいただきました」

善衛門が口を挟んで問う。

「口ではどうとでも言えよう。それほどの腕がある者を、御老中は何故浪人のままにしておられるのだ」

有才は豪快に笑った。

「ご隠居の疑念ごもっとも」

「ご隠居じゃと」

口をむにむにとやり機嫌を悪くする善衛門を見て、有才は戸惑いを面《おもて》に出した。

「共におられた五味殿がそうおっしゃいましたが、違うのですか」

「わしは隠居などではない。先の将軍家光《いえみつ》公の命で……。まあよい、話せば長《なご》うなる。それよりも問いに答えよ。腕に自信があると申すなら、何ゆえ召し抱えられぬのだ」

「われらは皆、自由奔放を好むため稲葉様にお仕えせず、小田原《おだわら》の城下町でこの腕を生かして用心棒をしてございます」

有才が続けて言うのを聞けば、用心棒といっても商家が相手ではなく、路銀を抑えたい大名の参勤交代に安い金で雇われて東海道を旅したり、稲葉家の領地を荒らす盗賊が出現すれば、金で討伐を請け負うそうだ。

「というわけでございまして、あまり繁盛はしておらぬのです」

自慢にならぬ配慮がうかがえる態度に、善衛門はようやく、警戒心を解いた。

有才は改めて、信平に向く。

数多《あまた》の悪人を退治してきた自負が表情に出ている有才は、厳しく鋭い眼差《まなざ》しを向けてくる。

「お目通りを願《ねご》うたわけが、もうひとつございます。是非ともお耳に入れておきたく」

「聞こう。ここに上がるがよい」

広縁を示すと、有才は近づいたのみで草鞋《わらじ》を脱がなかった。信平と向き合って片膝をつき、真顔で告げる。

「我らは、斬旗党の頭目を知っております」

善衛門が驚きの声をあげるも、信平は冷静だ。

「それを申すために、わざわざ訪ねてくれたのか」

有才はうなずいた。

「して、頭目は何者じゃ」

問う信平に、有才は真顔で口を開く。

「旗本の首を取ったのは、おそらく沖山陣鉄《おきやまじんてつ》です。陣鉄流という独自の剣術を編み出した達人で、小田原城下で二十人足らずの門人を集めて剣術道場を主宰していた男です」

「では、稲葉老中もご存じなのか」

「はい」

「命を奪われた旗本に、恨みでもあるのか」

「いかにも」

有才は、話すのも気分が悪いとばかりに、険しい顔をして続ける。

「今から十年前、陣鉄の生まれ故郷である武州《ぶしゅう》の村で酸鼻《さんび》を極める事件が起きました。覆面をした十人の騎馬侍が、谷間《たにあい》の小さな村を襲ったのです。村には陣鉄の親兄弟もおりました。そしてその村は、家康《いえやす》公に滅ぼされた武州の豪族の末裔《まつえい》が土着していたため、騎馬侍たちは人を人とも思わず、狩りをするように村人を殺したのです」

信平は善衛門を見た。

「麿《まろ》は初めて聞くが、そなたは存じておるか」

善衛門は胸を痛めている面持ちで首を左右に振った。

「それがしも初めて耳にします。浅田殿、今の話は、御老中もご存じなのか」

「はい」

有才は話を続ける。

「村の訃報を聞いた陣鉄は一人で駆け付けたまま、小田原には帰ってきませんでした。それからしばらくして、十八人の門人も小田原城下を離れてしまい、以来、陣鉄は忘れられていたのです」

「それが此度《こたび》の件と、どうして繋《つな》がるのかな」

そう言ったのは、戻ってきた五味だ。与力の顔つきで善衛門の横に座り、有才の答えを待った。

有才は五味と目を合わせて言う。

「これまで命を奪われた五名の旗本の中に、十年前に村を襲った者がいたからだ」

「五人？　二人ではないのか？」

驚く五味に、有才は真顔で答える。

「このふた月のあいだに、三人襲われている。稲葉老中が内密にされているのだ」

善衛門が問う。

「隠されるのは、十年前のことがあるからか」

有才はうなずいた。

「ただし、稲葉老中がつかんでおられるのは二人だけです。その二人が殺された五人の中にいたため陣鉄の仕業《しわざ》を疑われ、かの者をよく知るそれがしに討伐を依頼されたのです」

善衛門が厳しい顔で問う。

「そなたと沖山陣鉄は、因縁があるのか」

「陣鉄は、それがしにとって好敵手でした」

神妙に答える有才に、信平が口を開く。

「此度の件が陣鉄の仕業とはっきりした時、そなたは討てるのか」

「むろんです」

偽りのない眼差しだと、信平は思った。

有才が続ける。

「稲葉老中が睨《にら》まれたとおり陣鉄の仕業ならば、十年の時が過ぎるのを待っていたかもしれませぬ」

「世の中で当時の記憶が薄れたところで、仇討《あだう》ちに出たと申すか」

信平が言うと、有才は真顔で返す。

「陣鉄が十人の旗本すべての名を知っているのか、稲葉老中はつかめておられませぬ。無差別に襲っているおそれもございますから、くれぐれも油断されませぬように」

「心得た」

「では、ごめん」

去ろうとする有才に、信平が声をかける。

「どこに逗留《とうりゅう》しているのか」

「牛込台にある、正念寺《しょうねんじ》を拠点に動きます」

有才たちを見送った信平は、善衛門に言う。

「十年前に、そのような事件があったとはな」

「おそらく当時の御公儀が、内密にしたのでしょう。稲葉老中が把握できていないとなると、記録さえ残されていないと思われます」

五味がため息をついた。

「もし陣鉄という者の仕業で、深い恨みによる凶行ならば、なんだか同情してしまいますな。人を狩るなど鬼の所業ですよ。そう思われません？」

十人の旗本に憤りを隠さない五味に、信平は共感した。

善衛門などは、首を取られても文句は言えまいと憤り、事件に関わった者を突きとめると言って出ていった。

二

今宵《こよい》の江戸は、月もなく真っ暗だった。

番町に屋敷を構える二千石の旗本深谷《ふかや》家の息子保親《やすちか》は、連日眠れぬ夜を過ごしていた。

斬旗党の狙いが、十年前の復讐《ふくしゅう》だという噂が耳に入ったからだ。

現在二十五歳の保親は、あの日あの村にいた。消したくても黒い染みのように貼り付いている、忌まわしい記憶。

年上の連中から意気地なしと馬鹿にされ、馬場での稽古ではいつも酷《ひど》い目に遭わされていた保親は、汚らわしい村を潰す、という計画に誘われて断れず、あの襲撃に加わっていた。

馬で遠乗りをすると親を騙《だま》して暗いうちから出かけて向かったのは、屋敷から北西へ一刻（約二時間）の場所にある森を抜けた先の村だった。

この村の近くに、正岡《まさおか》家の領地があった。領地の屋敷で生まれ育った幸次郎《こうじろう》は村の存在を知っており、親と乳母の教育もあり幼い頃から忌み嫌っていたのだ。

「骨塚村《ほねづかむら》の連中を皆殺しにする」

首謀者である幸次郎は、九人の仲間を集めてこう告げた。当時仲間内で流行《はや》っていた戦国の真似事《まねごと》が、遊びではつまらぬ、ということになり、気味の悪い名の隠れ里のような村に暮らす者どもに狙いをつけた。

若気のいたりではすまされぬ、腕と度胸試しだ。

保親は、拒むことができなかった。幸次郎に一度だけ抗《あらが》ったことがあるが、親にも言えぬ辱めを受けた。以来、幸次郎に逆らえなくなっていたため、言われるがまま襲撃に加わったのだ。

骨塚村は、名前で想像していた気味の悪さはまったくなく、日当たりがよい穏やかな場所だった。周囲を深い谷と森に囲まれめったに人が来ないだけに、村人たちは、十人の若者が馬に乗って丘に現れると、畑作の手を止め、何ごとかと集まってきた。

それを見た幸次郎は弓を番《つが》えるなり、無言で村の男を射殺《いころ》し、奇声を発して襲いかかった。

突然の凶行に騒然となった村人たちは、泣き叫びながら逃げ、囲まれれば必死に命乞いをした。

保親以外の仲間たちは、動かぬ者を狙うのはおもしろうないと言って逃げるよう仕向け、獲物を追う狩人《かりゅうど》のように馬を走らせ、弓矢で仕留めた。

ただ見ているだけの保親の前に来た女が、泣きながら命乞いをした。

保親は逃がすつもりで森へ走れと言った。だが、女が走ろうとした刹那《せつな》に、足に矢が刺さった。幸次郎が射たのだ。そして保親に狙いを定め、殺さなければお前を獲物にしてやると脅してきた。血走った目は、もはやまともな思考の持ち主とは思えなかった。

辱められた記憶がよみがえり、死への恐怖に負けた保親は、槍《やり》を構えた。

あれから十年が過ぎても、目を閉じればつい先ほどのように、胸を突いた女の顔が亡霊のごとく目の前に浮かぶ。

槍で突いた手ごたえと女の断末魔の悲鳴が、保親のこころを壊した。村から戻った保親は、その日から座敷に閉じ籠もり、屋敷から一歩も出ていない。

家督も弟が継ぐことが決まり、死人のように生きていたところに、斬旗党は十年前の復讐をしているという噂が父の耳に入った。

　これまで襲われた五人は、いずれも骨塚村を襲撃した者たちだ。当時は公にされず、記録にも残らずごく一部の者しか知らぬ悪夢のようなことが、何ゆえ今になって復讐になるのか。

　保親は、傷む頰を押さえて顔を歪《ゆが》めた。

　賊が押し入ってくるかもしれぬと恐れた父親から、お前は疫病神だと罵られ、半殺しにされたのは昼間だ。

　自業自得だ。当時も親を失望させ、十年経《た》った今も、骨塚村の亡霊たちによって弟の命まで危うくしているのだから、殺されても文句が言えぬ。

　だが保親は死を恐れていた。あの悪事が発覚した時、菩提寺《ぼだいじ》の住職から地獄の存在を教えられ、己の手で殺《あや》めた女の供養をするため仏門に入れと言われたのだが、母親がそうさせなかった。そのせいで、死ねば地獄へ行くと本気で信じているからだ。

　救いようがない保親は斬旗党を恐れ、唯一の味方である付き人を外に走らせて情報を集めていた。

　その付き人が戻ったのは、父親に半殺しにされた日から二日後だ。

「若様、吉報でございます。稲葉御老中が斬旗党を成敗させるために、凄腕《すごうで》の剣客たちを金で雇ったそうです」

だが保親は気が晴れなかった。大名が捕らえられない者どもを相手に、雇われた寄せ集めに何ができようか。剣客たちが見つけ出す前に、斬旗党が来る恐れがある。

そう思うと不安でたまらない保親は、考えを変えた。これはよい手だと思い、数日ぶりに部屋を出ると、母親の部屋に急いだ。

「母上、よろしいですか」

か細い声で問うと、すぐに障子が開けられた。母親の侍女が、まだ痣《あざ》が残る顔を痛々しげに見ると、中に促す。

足を踏み入れた保親を見た母親が、そばに来て頰に触れ、涙を流した。

「父上は、手加減を知らないのです。こんなになるまで……」

「それより母上、お願いがございます」

「お前から頼みごとをされるのは十年ぶりね。なんなりと言ってみなさい」

保親は稲葉老中の話を前置きして懇願した。

「金で動く連中を、この屋敷へ置けませぬか」

婿取りの母千鶴《ちづる》は、妙案だと褒めた。

「安心なさい。父上が反対しても、わたくしが必ず連れて来ます」

千鶴は、可愛《かわい》い息子を巻き込んだ幸次郎を今でも恨み、保親を哀れんでいるだけに、すぐさま行動に出た。

何より先祖から受け継いだ御家のために、自ら浅田有才を訪ねたのだ。

有才は、旗本の奥方に頭を下げられて悪い気はしないらしく、仲間たちに誇らしげな顔を向けると、千鶴に向く。

「狙われている旗本の屋敷に入れるのは、向こうから来るのを待っていればいいだけになる。我らにとってそなた様の頼みは、願ってもないことだ。しかも、このような大金まで積まれては、断る理由はあるまい」

二百両を受け取った有才は、千鶴に告げる。

「これより屋敷に向かおう。頭を上げなさい」

共に寺を出た有才と六人の仲間たちは、千鶴の駕籠《かご》を守って番町の屋敷に入り、警固をはじめた。

喜び安堵《あんど》したのは、保親だ。

部屋から出ることなく、外障子の隙間から有才たちを見て、付き人に胸のうちを明かす。

「見るからに強そうな武骨者ばかりだ。これで死ななくてすむ。斬旗党もあきらめてくれれば、弟も外へ出られるのだが……」

その弟とは、もう何年も口をきいていない。

だが血を分けた弟だ。可愛い弟が、自分のせいで命を落とすのは耐えられない。

そう思った時、幸次郎が嬉々《きき》として、命乞いをする兄弟の弟のほうから弓矢で射殺したのが目に浮かんだ。部屋の隅にうずくまった保親は、膝を抱えて小さくなり、肩を震わせるのだった。

三

いっぽう信平は、浅田有才の言葉を受けて調べを終えた善衛門から、事件の真相を聞いて胸を痛めていた。

村を襲った十人の者たちの中には、揉《も》み消されたことで悔恨することもなく、武勇伝のように語っている者がいるというのだ。

善衛門はまるで怒りを吐き出すように、さらに声を大にして口を開いた。

「中でも、八千石の旗本正岡家の次男幸次郎は、二十八歳にもなって素行が落ち着いておらず、今も仲間と共に町に出ては悪さをしておるらしく、評判がよろしくありませぬ。父親も愚かとしか言いようがなく、幸次郎が起こした不祥事の責任を取って役目を辞し今は寄合《よりあい》ですが、幸次郎にまったく関心がなく、次に何か問題を起こせば勘当すると脅しているだけで、その実態は野放し状態のようです」

「その者が、骨塚村を滅ぼした首謀者なのか」

「いかにも。初めの一年だけはさすがに屋敷から一歩も出なかったようですが、今ではほとぼりが冷めたとばかりに十数名の仲間と徒党を組んでおります」

居間で共に聞いていた五味が、口を挟んだ。

「斬旗党を恐れておらぬように聞こえますが」

「まったくもってそのとおりじゃ。幸次郎は仲間と共に、陣鉄を返り討ちにして首を晒すと息巻いておる」

「それはがっかりですな。命を狙われると知って、屋敷で大人しくすると期待しておりましたのに」

いやそうな顔で言う五味に、信平が問う。

「かの者を知っておるのか」

「知っているも何も、奴《やつ》らのせいで苦しんでいる町の者は大勢いますよ。それがしは町方ですから、あの一味だけは相手にしたくありません」

それからも五味は、幸次郎の悪口が尽きなかった。

聞けば、商家に難癖をつけて金を出させ、町で気に入った女を見つければ、物陰に連れ込んで手籠めにすることもあり、好き放題なふるまいだ。だが、町の者たちは幸次郎一味の仕返しを恐れて泣き寝入りするため、奉行所としても公儀に罰してもらう願いが出せないのだという。

すると善衛門が言う。

「つい先日は平穏だと言うておったではないか」

「そう怒られましてもね、町方の与力では何もできませんよ」

「いつもはすぐに殿を頼るくせに、何ゆえ黙っておったのだ」

「御奉行から止められていたんです。小事で信平殿のお手を煩わせてはならぬと言われては、御公儀にまかせるしかないでしょう」

「商家から不当に金を取り上げ、おなごを手籠めにするのが小事とは何ごとか」

怒る善衛門に、五味は首をすくめる。

「被害を訴え出る者がいないのですから、手を出せないのですよ」

「それでも調べるのが御公儀の役目であろう。ええい、とんだ体たらくだ」

善衛門はそう言って、口をむにむにとやる。

五味が眉尻を下げた。

「十年前の悪事を咎《とが》められなかったことといい、十家の旗本は、将軍家の縁者でしょうか」

「当時は重役に、多額の賂《まいない》が渡ったのかもしれぬ」

善衛門がそう言って、ため息をついた。

「斬旗党は、何もしてくれぬ御公儀に対する憤りから、動きはじめたか」

考えつつそう述べた信平は、五味に問う。

「町奉行所は幸次郎を咎められずとも、民を守る手を講じているのか」

五味は困ったような顔をした。

「災難に遭わぬために、用心するよう声がけをしているのですが、なんせ相手は客商売をする者の弱みに付け込みますから、防ぎようがないのです。奴らを恐れて店を閉めるわけにもいきませんし」

「確かに」

五味の言うとおりだと思う信平は、二人の顔を見て告げる。

「麿が斬旗党に狙われることはないと分かったゆえ、幸次郎一味から民を守るため町に出よう」

善衛門は同意した。

「殿の息がかかる鷹司町には来ますまい。どこを回りますか」

「五味に従おう」

信平の言葉を受け、五味は憂いが晴れたような顔をした。

「奴らは江戸中に出没しますが、まずは、大金を差し出している商家が多い日本橋から回ってみますか。近頃は来ていないようで、そろそろ懐《ふところ》が寂しくなっていると思いますから」

「商家を金蔵代わりにでもしておるつもりか」

「そういう輩《やから》です」

「では日本橋にまいろう」

信平は狐丸《きつねまる》を手に、屋敷を出た。

四

信平が五味と日本橋を回っていた頃、幸次郎は一人で、神田《かんだ》の町に繰り出していた。今日は仲間が同道せず、中には逆らう者がいたため、もんもんとした気持ちを晴らしてやろうと考え、獲物を物色していた。神田明神下の道を歩いていた時、背後で気配を感じて通りの角を曲がる折、目の端で確かめた。すると、物陰に身を隠す人影があった。こちらの様子をうかがっていたのは確かだ。

陣鉄一味の者に違いないと思う幸次郎は、

「このような時に限って」

一人は不利だと舌打ちし、思い立って番町に足を向けた。

保親の屋敷に到着すると、尾行に気付かないふりをして門番に名を告げた。ここを訪ねるのは十年ぶりだ。幸次郎が知らぬ新顔の門番は、保親の友だと聞いて珍しそうな顔をしたものの、居丈高《いたけだか》な幸次郎の態度に怯《おび》え、抗うことなく中に入れた。

わざわざ保親を訪ねたのは、幸次郎の腹黒いところだ。勘当を恐れ、己の家族がいる屋敷ではなく、保親の家族を巻き込んで斬旗党一味を迎え撃つ肚積《はらづ》もりなのである。

十年前に息子を巻き込んだ幸次郎なのだが、沖山家の者たちは追い出すことができなかった。

幸次郎は、斬旗党がうろついていると言い、守りに来てやったのだと言って、保親の部屋に居座った。

保親は幸次郎を憎んでいるものの、いざ顔を突き合わせると身も心も萎縮してしまい、逆らう勇気が出ない。

頼みの親たちは、家格が上の正岡家の息子である幸次郎を無下にせず、酒まで出す始末だ。

そこへ、外へ出ていた有才たちが戻ってきた。

幸次郎は、庭から来た屈強そうな七人組を見て、保親に問う。

「おい保親、あの者たちは家来ではないな。用心棒を雇ったのか」

「ただの用心棒ではありません」

やや胸を張る保親から、稲葉老中肝煎《きもい》りの用心棒だと聞いた幸次郎は、一計を案じて廊下に出た。

「おいお前ら、こっちに来い」

年下の幸次郎に手招きされても、有才はゆったりと構えて目くじらを立てない。

懐手にしたまま歩み寄る有才に、幸次郎は傲然《ごうぜん》たる態度で言う。

「貴様たちは金で雇われた凄腕らしいが、ひとつ手柄を立てさせてやる」

「ほおう、それは何か」

疑う眼差しを向ける有才に、幸次郎は塀を顎で示す。

「外に斬旗党の一味と思《おぼ》しき怪しい者が貼り付いている。奴を捕らえてここへ連れてまいれ。この手で死ぬより辛《つら》い目に遭わせて、仲間の居場所を吐かせてやる」

だが有才は返事をしない。

幸次郎は、そっぽを向く相手を睨む。

「おい、無視をするな」

「わしらは用心棒だ。金で雇った者の命令しか聞かぬ」

取り付く島もない有才に幸次郎は舌打ちをした。保親を引っ張り出して背中を押す。

「皆さん、お願いします」

保親がおどおどと告げると、有才は態度を一変させ、背筋を伸ばして頭を下げた。

「承知いたしました」

わざとらしいが、有才は仲間を促す。

素直に従って出ていく有才たちを幸次郎は見くだし、

「犬畜生め」

と罵り、庭に唾を吐き捨てた。

五

裏から出た有才は周囲を探り、すぐに怪しい者を見つけた。地味な色の羽織袴《はおりはかま》を着け、髪を後ろでひとつに束ねて下げている。

仲間と目配せをして退路を塞ぎ、一気に迫った。

気付いた曲者《くせもの》が逃げようとしたが、その前を仲間が塞ぐ。手槍《てやり》の穂先を向けられた曲者は、武家屋敷の塀に下がった。刀は持っていない。

歩み寄る有才に、仲間が告げる。

「女です」

手拭いで隠していた顔を見た有才は、目を見張った。陣鉄の妹美咲《みさき》だったからだ。

陣鉄の道場で何度か見たことがあった有才は、腕をつかんで武家屋敷から離れた。

「生きていたのか」

喜ぶ有才に対し、美咲は目を見据えた。そして、袖に隠していた刃物を抜き、有才を刺そうと襲いかかってきた。

その手首をつかんだ有才が力を込めると、美咲は顔を歪めて刃物を落とした。

「忘れたか、おれだ、浅田有才だ」

「憎い男の言うことを聞く者は殺す」

その時、首を隠していた布が落ちた。首元に刀傷の痕がある。状態から、おそらく胸のあたりまで達しているはずだ。離せと叫ぶ美咲は、幸次郎に深い恨みがあるのだ。

「首元の傷痕は、奴にやられたのか」

美咲は目に涙を浮かべて悔しそうな顔をした。そして、空いているほうの手で殴りかかってきた。

当時まだ十二歳だった美咲は、明るくて優しい娘だった。それが今は、人が変わったように荒々しい。

眼差しは恨みに満ちて暗く、口を開けば「殺してやる」だ。

大人しくさせようとしても、全身をもって暴れる美咲をこのままにしておいては、幸次郎に気付かれる。

「許せ」

首の後ろを手刀で打つと、美咲は気を失った。

ぐったりする身体を肩に担ぎ上げた有才は、番町から走り去った。目指したのは赤《あか》坂《さか》、信平の屋敷だ。

「そういうことなら、引き受けよう」

庭で平身低頭していた有才は、安堵して顔を上げた。

信平は広縁に出てきた。

美咲はまだ気を失っており、仲間が腕に抱いている。

「お初」

信平の意を汲《く》んだお初が美咲を受け取り、肩に担いで自分の部屋に向かう。

目で追っていた信平は、有才に向く。

「非は旗本の息子たちにあるが、本気で陣鉄を斬るのか」

陣鉄を斬らねばならぬので美咲を預かってくれと頼んでいた有才は、真顔でうなずく。

「金で引き受けたからにはやらねば、信用を失いますので。では、ごめん」

信平は止めなかった。

立ち上がって頭を下げた有才は、仲間と共に屋敷を出ると、急ぎ深谷家に引き返した。

「待ちわびたぞ。おい、手ぶらではないか。まさか逃がしたのか」

怒鳴る幸次郎に、有才が飄々と答える。

「追ったのですが、逃げ足が速く……」

「役立たずが！」

激昂《げきこう》した幸次郎は、有才の横にいる仲間を殴った。

殴られた男は刀の鯉口《こいぐち》を切ったが、有才が止めた。そして、受けて立とうとしていた幸次郎に言う。

「我らは稲葉老中の命に従い斬旗党を斬るために動いている。仲間を斬り、その役目を邪魔するつもりか」

幸次郎は頰を引きつらせるほどに怒り心頭だが、稲葉の名を出されてはどうにもならぬ。

有才が仲間に命じて先に刀を納めさせると、幸次郎もようやく引き下がった。

「斬旗党の居場所を突き止めた時は、必ずわたしに教えろ。奴には仲間を殺されているのだ。この目で斬られるところを見なければ、腹の虫がおさまらぬ」

「我らの邪魔をせぬと約束できるか」

「どういう意味だ」

「我らの獲物に手を出すなという意味だ」

幸次郎はじっと有才を見据えていたが、ほどなく承知した。

六

意識を取り戻した美咲が、有才がいないのに気付いて出ようとするが、お初がそうはさせなかった。

「話は有才から聞いた」

お初の部屋で待っていた信平がそう声をかけると、美咲は睨んだ。

「誰だお前は」

「無礼ですよ」

お初が制する。目の前の人が将軍家の縁者だと教えられた美咲は、抵抗をやめ、信平に両手をついて懇願した。

「お願いです。兄を止めに行かせてください」

十年前に襲われた村の生き残りである美咲は、家に帰らなくなった兄陣鉄を止めるために、恨みがある幸次郎の前に必ず現れると思い、跡をつけていたと言った。

「そなたは、幸次郎に恨みはないのか」

問う信平に、美咲は目を合わせる。

「この手で殺してやりたい。村を襲われ、目の前でみんな殺された時は、こころからそう思っていました。この傷を負わせた幸次郎が憎かった」

美咲は、恥ずかしがらず着物の前を開いた。首から胸にかけて、刀の傷痕が残っている。

「幸次郎は笑いながら、わたしを斬ったのです。母の横に倒れた時、母はまだ生きていました。わたしに手を差し伸べて、抱いてくれたのです。わたしはそれから、しばらく気を失っていました。夜になって目をさますと、抱いてくれている母の手は、すっかり冷たくなっていました。わたしも母のところに行きたい。そう思って、自ら命を絶つため起きようとしたのですが、どうしても、母の腕から抜け出すことができず、そのまま意識を失いました」

美咲の生は、奇跡としか言いようがなかった。

兄陣鉄が村に到着するまで、襲われてから六日も過ぎていたのだ。

美咲は、家の庭で母親の骸に抱かれた姿で見つけられていた。

「泥水を、すすっていたのです」

梅雨時の雨が、命を繋いだのだ。

陣鉄に助けられた美咲は、誰もいなくなった村を捨てざるを得なかった。

兄と二人江戸に出てきて、慕って追ってきた四人の門人たちと、ひっそり暮らしていたという。

そこまで話した美咲は、信平の前で悔し涙を流した。

「兄は、村を襲ったのが旗本だと知り、相手が悪すぎるとあきらめていました。でも、やった者たちだけは知っておきたいと言って調べ尽くしました。そんな兄は、下手人が分かっても、仇を討とうなどとは少しも思っていなかったのです」

「斬旗党を名乗るきっかけができたと申すか」

信平の問いに、美咲は込み上げる感情を抑えられず、突っ伏して嗚咽《おえつ》した。

お初が背中をさすってやり、美咲の気持ちが落ち着いたところで声をかけた。

「何があったのです」

涙を拭った美咲は、信平に打ち明けた。

「兄を慕っていた鎌田《かまた》六郎左《ろくろうざ》という門人が、二年前に年が離れた妻を娶《めと》り、巣鴨《すがも》で小さな料理屋を営んでおりました。二人は仲がよく、店も繁盛していましたから、兄も安心していたのです。ところがある日、正岡幸次郎が来ました。兄の弟子だとは知らなかったのでしょう。酒に酔った仲間たちに、幸次郎は村を襲撃した時のことを自慢げに語ったそうです。それだけではなく……」

美咲は涙をこらえながら、六郎左夫婦に起きた悲劇を語った。

それは、半年前のことだ。

偶然なのか、六郎左夫婦が営んでいた料理屋の評判を聞きつけてやってきたのか、四人組の武家が来た。

六郎左は、その中に師匠と妹を苦しめた正岡幸次郎がおろうとは夢にも思わず、店に入れた。

六郎左夫婦は、新規の客で、しかも武家は初めてだったので丁重にもてなした。粗相《そそう》があってはならぬと思えば、自然と四人の会話にも注意を払う。そのうち、酒に酔った四人の会話が、耳を疑うものへと変わったのだ。

「あの日のことを思い出すと、今でも血が騒ぐ」

そう言った男こそ、正岡幸次郎だった。

「いつかまた、やってみたい」

幸次郎は、村を襲ったことを武勇伝のごとく語り、それを肴《さかな》に酒を飲んだ。

それでも六郎左は、四人の武家たちを横目に、黙々と料理を作っていた。

他の客たちは常連だが、四人のせいで店の雰囲気が悪くなり、一人、また一人と勘定を置いて帰っていく。

人の迷惑などまったく気にせぬ四人は、むしろいい気になり、六郎左の恋女房に酒を注がせ、尻を触った。

女房が悲鳴をあげて下がると、

「生娘《きむすめ》でもあるまい」

酔った一人が腕をつかもうとしたが、女房は逃げ、二階に上がった。

六郎左が酔客に絡まれた時にはそうするよう、かねてよりさせていた防御策だ。

舌打ちをした男は、やはり思ったとおり二階までは追わず、酒を飲んで会話に戻った。

いつもの六郎左ならば、これで淡々と仕事をするのだが、今宵は違う。四人の会話が、陣鉄と美咲に繋がるものだっただけに、もはや抑えられぬほど、腸《はらわた》が煮えくり返っているのだ。

包丁をにぎる手にも力が入り、鰤《ぶり》の刺身を切ったまま、刃が俎板《まないた》に食い込んでいる。

そんなことを知る由もない幸次郎は、残酷に村人を弓矢で射殺したことを、鹿や鳥を狩ったように、腕自慢した。

「許せぬ」

声にならぬ怒りを胸の中で呟《つぶや》いた六郎左は、陣鉄と美咲に深い悲しみを与えた幸次郎を板場から睨んだ。図らずも目が合い、幸次郎は眉間《みけん》に皺《しわ》を寄せた。

「おい、その目つきはなんだ」

立ち上がる幸次郎に対し、胸のうちで「外道め」と叫んだ六郎左だが、腰を低くして詫びた。

だが、これで許す幸次郎ではない。

六郎左を板場からつかみ出し、殴る蹴るの暴行を与えた。

理不尽な仕打ちに吐き気を覚えた六郎左だったが、込み上げる生唾を怒りと共に飲み込み、伏して詫び続けた。

だが幸次郎は、十年前に覚えた人を痛めつける快楽に血が騒ぎ、止まらなかった。

ここまで信平に話した美咲は、ほろりと涙をこぼして続けた。

「朝になっても夫婦が帰らないのを案じた兄が、店に行くと言いますもので、わたしも付いて行きました。そしたら、表は戸締まりがしてあったものの、裏の戸が半開きになっておりましたから、中に入ったのです」

その時のことを思い出したのか、美咲は身を震わせ、両手で顔を覆った。

信平は声をかける。

「辛いなら、話さずともよいぞ」

「いいえ、信平様には、知っていただきとうございます」

長い息を吐いて気持ちを落ち着かせた美咲は、ふたたびその時の話をした。

「破壊と言えるほど荒らされた店の中に、変わり果てた夫婦が倒れていました。まだ息があった六郎左さんが、何があったのか、兄にすべて話したのです。そして息絶える前に、生まれてくる子を抱きたかったと言い残しました」

あまりの酷い所業に、普段は感情を面に出さぬお初までもが、目に涙をためて憤っている。

六郎左夫婦と、生まれてくるはずだった子の死を知った陣鉄は、十年前に胸の奥にしまっていた復讐心が膨れ上がり、村を襲っておきながら、ぬくぬくと暮らしていた旗本の息子たちを襲いはじめたのだと、美咲は信平に訴えた。

「斬旗党を、悪と言えようか」

信平は、憤りを抑えた声でそうこぼした。

悪の根源は幸次郎たちだと思う信平は、陣鉄の気持ちを知らぬ有才が悪党に与《くみ》して斬り合いになることを心配し、美咲に言う。

「陣鉄の居場所に案内してくれぬか。麿が止めよう」

「家を出たきりなのです」

「それでも、行きそうな場所は分からぬか」

美咲は考える顔をしたが、はっとした。

「思い当たる場所があります」

「そこへまいろう」

お初と三人で出かけた信平は、美咲の案内で巣鴨に行った。だが、陣鉄と仲間たちはいなかった。

畑に囲まれた村はずれは空き家ばかりで、土地も草が伸びて荒れている。

薄黄色の狩衣《かりぎぬ》を空風になびかせながら土地を見ている信平に、美咲が口を開く。

「兄は、慕って離れない四人の門人たちとこの土地で暮らすため手に入れたのです。やっと手に入れた土地と家に、もう少しで引っ越すという時に、六郎左夫婦が襲われました」

「残っている三人の門人は、陣鉄殿といるのか」

「必ずいると思います」

信平はうなずいた。陣鉄を斬ると言っている有才には六人の仲間がいるため不利だ。

「兄を捜します」

そう言って町へ戻る美咲に、信平とお初は手を貸すことにした。

信平とお初は気付かなかった。この時陣鉄は、畑の先にある林の中から見ていたのだ。

三人の門人が陣鉄に歩み寄る。

「美咲様と共にいるのは、何者でしょうか」

問う弟子に、陣鉄は目を細め、穏やかに告げる。

「あの狩衣のお方は、有才がいつも言うておったご仁に違いあるまい」

門人たちは驚いた。

「まさか、あのお方が……」

「鷹司家から徳川《とくがわ》の旗本になった信平侯だ。美咲があのお方のそばにおるならよい。これで心置きなく戦える」

今こそ幸次郎と一味を討ち取ると声を張った陣鉄は、三人の弟子と共に、林の奥へと走り去った。

七

深谷家の庭に、不気味な獣の鳴き声が聞こえてきた。

隣の大名家の広大な庭に住み着いた狐か狸《たぬき》であろうが、

「いい迷惑だ」

夜通し警固をしている家来が、驚かされた怒りをぶつけるように言葉を吐き捨てた。

篝火の明かりが届かぬ暗がりで何か動いた気がした家来が、目をこらす。

空を切る音がしたと思うと、耳をかすめて何かが飛び去った。

「痛っ」

右の耳を押さえる家来の背後にある表門の柱に、矢が突き刺さっている。

「矢文、なのか」

近づいた家来は、縛り付けてある紙に目を見張り、矢を引き抜いて屋敷内に知らせた。

それは陣鉄からだった。幸次郎一味に対する果たし状だ。

場所は、巣鴨の陣鉄の土地。

明日の朝来なければ、白昼堂々、正岡と深谷の本宅に斬り込むと書かれている。

「残る五人を、まとめて首を刎《は》ねる気だな」

有才が、幸次郎の目を見据えてそう言った。

幸次郎は弱気な顔つきで目をそらした。

白昼に討ち入りをされれば、賊を討ち取ったとしても理由が理由だけに、公儀に咎められる恐れがある。悪くすれば、御家は無事ではすまない。

幸次郎はそう考えているのだ。

そんな幸次郎を横目に、有才が保親に向く。

「これは我らの仕事だ。まかせてもらう」

これを受け、幸次郎が俄然《がぜん》勢いを取り戻した。

「保親、虫けらを皆殺しにさせろ」

唾を飲んだ保親が、雇い主の言うことしか聞かぬ有才に命じる。

「果たし合いに行って、憂いを取り除いてください」

「承知！」

有才は勇ましく応じて立ちはしたが、すぐにあぐらをかいた。

「今から言う得物を用意してもらいたい」

弓と槍を所望された保親は、控えている付き人に命じて支度させた。

翌朝、まだ靄《もや》が残る巣鴨の土地に到着した有才たち七人は、畑の中で待ち受けていた陣鉄たちの身なりを見て驚く。

四人はぼろ衣を纏《まと》い、腰の荒縄に刀を一振り落としたのみで、鍬《くわ》のほうが似合いそうだ。

「ずいぶん粗末な格好だな。それで旗本に戦を仕掛けるとは、いい度胸だ」

有才がそう言った時、馬の嘶《いなな》きがした。そちらを見れば、巣鴨の荒れた土地が見渡せる丘に、幸次郎と仲間たちが馬に乗って姿を現した。

二十人もおり、弓や槍を持っている。いっぽうの陣鉄側は、粗末な備えでたったの四人。

武装した旗本に対し、野武士にも足らぬ備えでは、陣鉄側に万が一も勝ち目はない。

それでも陣鉄と三人の弟子は、一歩も引くどころか、恨んでも恨み切れぬ幸次郎たちに向く。

「十年前のように、襲ってみろ！」

陣鉄の大音声《だいおんじょう》に、幸次郎は勝ち誇った顔をした。

「有才下がれ！　虫けらどもは我らがやる！」

有才は舌打ちをした。

「初めから来る気だったな」

「皆殺しにしろ！」

幸次郎の声が畑に響くと同時に、手の者どもが馬に鞭打《むちう》ち、突撃をはじめた。

勇ましい弟子たちが、陣鉄より先に出る。

だがその弟子たちの前を塞いだ有才が、きびすを返して背を向けると、仲間から弓を受け取り、一矢を放った。矢は、先陣を切っていた騎馬侍の胸に刺さり、呻《うめ》いた侍が落馬した。

突然の裏切りに憤怒《ふんぬ》する幸次郎の仲間に対し、有才は大声で告げる。

「思うところあり、手向かいいたす！」

こう述べるなり、突撃してきた幸次郎の仲間を槍で突き倒し、馬を奪って跨《また》がった。

有才の仲間も矢を放ち、あるいは槍を剛力で振り回して騎馬侍を次々と倒してゆく。

一騎当千とは、まさにこのことだ。

馬を駆る有才は、槍で敵を突き落とし、頭上で大きく穂先を転じて次の敵を打ち払う。

丘から動かず戦況を見ていた幸次郎は、右手を挙げた。すると、優位に戦いを進めていた陣鉄と有才たちの横手に、新手の騎馬侍が現れた。

鎧《よろい》こそ着けていないが、防具を纏い、槍を持つ新手は、横から突撃してゆく。数で圧倒する幸次郎が、目の前まで迫っていた有才に大声で告げる。

「陣鉄の妹と知って逃がしたのを見ていたのだ。初めから信じてなどおらぬわ！」

「くっ、謀《はか》られたか」

「愚か者どもを皆殺しにせい！」

幸次郎は叫び、自らも馬を馳《は》せて突撃してくる。

一騎当千の兵が揃う有才たちが奮闘するも、弓矢によって仲間が倒された。

「ここは退《ひ》け！」

陣鉄が叫び、有才の腕をつかんで後退をはじめた。

「森まで走れ」

応じた有才は、仲間に告げる。

「信平侯に助太刀を頼みに行け」

「おう！」

従った仲間は、あるじを失っている馬に飛び乗った。

飛んできた矢を斬り飛ばし、刀の峰で馬の尻をたたいて疾走をはじめる。

正面から飛んできた矢をかい潜《くぐ》って行こうとするが、一矢が背中に刺さった。

「うわ」

激痛に襲われた仲間は落馬してしまう。

それを見ていた陣鉄は、森に走るのをやめ、迫る幸次郎に向く。

「刺し違えてくれる！」

怒りと恨みをぶつけた陣鉄は、刀を右手に下げ、単身で斬り込む。

飛んできた矢を斬り飛ばして進む陣鉄は、幸次郎にもう少しのところまで迫ったが、横から来た騎馬侍の槍で肩を突かれ、両足が浮いて飛ばされた。

仰向けに落ちた陣鉄は、すぐに身を起こそうとした。だが、馬から飛んだ敵にねじ伏せられ、背中を小太刀で突かれた。

呻き声をあげる陣鉄は背後を取られて、身動きを封じられた。

「師匠！」

叫んだ弟子が助けに来ようとしたが、胸に矢が突き刺さった。

弟子の名も声に出せぬ陣鉄は、苦しみに呻いた。

そこへ来た幸次郎が馬から下り、刀を抜いて迫る。

「斬旗党などとこざかしい。そっ首刎ねてくれる！」

正面から刀を喉に向けて突き刺そうとした幸次郎だったが、狩衣が目にとまり、刀を止めた。

馬を馳せて来たのは信平だ。

幸次郎は当然、旗本たる自分の味方だと思い、近づいた信平に声をかけた。

「お手を煩わせるまでもござらぬ。斬旗党はこの手で討ちますするぞ」

「待て」

馬から下りた信平は、懐から書状を取り出して見せた。

「稲葉美濃守殿からの御沙汰だ。刀を引いて神妙にいたせ」

信平が見せたのは、正岡幸次郎以下、十年前に村を襲った者で生き残っている五人に対する出頭命令だった。

このたびの騒動を重く見た稲葉は、日々苦しめられている町人からの訴えもあり、

た。

大人しく出頭するよう命じる信平に対し、幸次郎は追い詰められたような顔をし

幸次郎とその一味に厳しい罰を与えることとしたのだ。

「出頭すれば、命を取る気だな」

ぼそりとこぼした幸次郎に、信平は告げる。

「これまでしてきたことを思えば、いたしかたあるまい」

「くっ」

幸次郎が仲間を見た。皆の目は、この場をどうにかしろと訴えている。相手は信平

だが、従えば命はない。ならば……。

「殺せ！」

幸次郎が叫ぶと、仲間たちは一斉に矛先を信平に向けた。

信平は表情を変えることなく書状を胸に納め、左足を前に出し、左の手刀を立て

た。その刹那、凄《すさ》まじい剣気が身を包む。

まったく隙がなく、剣気によりひと回り身体が大きくなったように錯覚した一味の

者どもは、恐怖に打ち勝つために声を張り上げ、三人の弓手《ゆんで》が矢を射た。

三本の矢が空を切って信平に飛ぶ。

だが、身体に刺さると思われた矢は、すべて真っ二つに斬り飛ばされた。狩衣の袖を振るって回転した信平の左手には、隠し刀が煌《きら》めいている。

「はっ！」

気合をかけて迫るのは、騎馬の侍だ。疾走する馬上から槍の穂先を向けて突撃する。

微動だにせずじっと見据えていた信平は、槍が突き出されると同時に狐丸を振るい、穂先を切断した。次に迫る騎馬侍の穂先を右にかわした信平は、狐丸で馬上の侍の足を斬った。

呻いて落ちる者を見もしない信平は、次に向かってくる騎馬侍に向く。槍を突き出そうとしていた侍の胸に、手裏剣が突き刺さった。お初が投げ打ったものだ。

呻いて落馬した侍に、有才の仲間が迫って斬った。

槍と弓が得意な有才たちが信平に与して戦い、次々と敵を倒してゆく。陣鉄の弟子たちも奮闘し、幸次郎の仲間たちは総崩れとなり、遁走《とんそう》をはじめた。

幸次郎と、十年前に村を襲った保親以外の三人は、命欲しさに逃げようとした。だが、信平とお初がそうはさせぬ。

逃げ道を塞ぐ信平とお初に向かって、四人は突撃してきた。

「蹴散らせ!」

幸次郎が怒鳴り、四人が横一列になって馬を馳せてくる。

両翼の二人の足に弓矢が突き刺さった。有才と仲間が射たのだ。

落馬した二人は、足の激痛に悲鳴をあげ、のたうち回っている。

二人になった幸次郎は、血走った目を信平に向け、歯を剝き出しに食いしばって向かってくる。

二人の穂先が信平に向けられている。黒馬は、信平を挟むように突撃してきた。

狐丸をにぎりなおした信平は、冷静な目を敵に向ける。

「死ね!」

幸次郎が叫び、仲間と息の合った槍の穂先が信平に突き出された。

その穂先を飛んでかわした信平は、槍の柄にとん、と軽く足を付けると同時に、身体を右回転させた。

鋭く振るわれた狐丸が朝日に一閃《いっせん》し、馬が駆け抜ける。

狩衣の袖を振るって着地した信平の背後で、幸次郎と仲間が呻いて落馬した。

肩を斬られている幸次郎は、傷口を押さえて逃げようとしている。そこへ、手負いの陣鉄が立ちはだかった。

恨みのあまり涙を流している陣鉄は、刀を振り上げた。

「待て、待ってくれ」

命乞いをする幸次郎だったが、陣鉄は叫びながら、一刀を打ち下ろした。

首を落とされた幸次郎を見て、もうひとりの仲間が悲鳴をあげ、信平に斬られた腕の痛みに耐え、畑の中を這って逃げようとしている。

陣鉄には、もはや追う力はなかった。

倒れる陣鉄を見た有才が代わりに行き、悪党の息の根を止めた。

「兄上、しっかりして！」

重傷を負った陣鉄は、妹の腕の中で苦しんでいた。意識が朦朧《もうろう》としているようだが、美咲の腕をつかみ、必死に口を動かそうとしている。

駆け寄った信平が、胸の壺《つぼ》を親指で強く押した。師道謙から教えられた、呼吸が楽になる壺だ。

痛みに呻いた陣鉄だったが、美咲、と声が出た。

「お前を残して死ねぬ」

死なないでくれと繰り返していた妹にそう言った陣鉄は、笑って見せたのだが、身体から力が抜けた。

「兄上！」

「心配ない。気を失っただけだ」

信平はそう言うと陣鉄を担ぎ、歩み寄ってきた愛馬の背に乗せた。

八

ひと月が過ぎた。

傷口がようやく塞がり、歩けるようになっていた陣鉄は、稲葉の呼び出しに従い、巣鴨の家を出て町に来た。

曲輪《くるわ》内にある稲葉家の屋敷に行き、通された表御殿の書院の間に入ると、そこには信平がいた。有才もいる。

陣鉄は信平に平身低頭し、足繁《あししげ》く見舞いに来てくれていた有才には、軽く頭を下げた。

そこへ、稲葉が家老を伴い入ってきた。

信平に小さくうなずいた稲葉は、上段の間ではなく、皆と向き合って正座した。

そして、頭を下げている陣鉄に対し、真顔で口を開く。

「沖山陣鉄」

「はは」

「そなたと妹御には、長らく辛い思いをさせた。さぞ無念であったろう」

村を襲った十人のうち、深谷保親のみが切腹を申しつけられ、生きて捕らえられた他の者は、公儀の裁きによって打ち首に処された。

斬旗党を名乗り、許しなき仇討ちをした陣鉄は、厳しい沙汰があるものと覚悟している。

「恨みを晴らし、思い残すことはございませぬ。どのようなお裁きも、甘んじてお受けいたしまする」

稲葉は真顔を崩さず告げる。

「本日召し出したのは、罰を与えるためではない。妹御と、生き残っている二人の仲間と共に、小田原城下で暮らさぬか」

思わぬ誘いだった。

即答ができず考える陣鉄に、有才が言う。

「わしと共に、気楽に暮らそうではないか」

「おぬしと……」

稲葉は召し抱えるつもりはないようだ。

「そのほうが、よいのであろう」

言ったのは信平だ。

「有才殿から、小田原での話を聞いている」

「わしは、召し抱えてもよいのだぞ」

言葉を被《かぶ》せるように、稲葉が口を挟んだ。

「だが有才が、どうしても承知せぬのだ。陣鉄、おぬしから言うてくれ。二人でわしの家来になろうではないかと」

陣鉄は稲葉に両手をついた。

「御城下で、また道場を開きとうございます」

稲葉は残念そうに目をつむり、

「まあ、よい」

あきらめたように言うと、信平を見て、唇に薄く笑みを浮かべた。

稲葉家の表門で、帰る陣鉄から改めて礼を言われた信平は、

「妹と、達者で暮らすがよい」

末永い幸を願いつつ、見送った。

横に並ぶ者がいたので信平が顔を向けると、五味だった。

「来ていたのか」

「ええ、御奉行の名代《みょうだい》です。斬旗党の記録をすべて処分するよう、たった今御老中から直々に命じられました」

そうなるだろうと思っていた信平は、微笑んだ。

五味は、稲葉に守られた陣鉄の背中を見ながら言う。

「ともあれ、旗本の方々は、これでゆっくり眠れますな。幸次郎とその一味がいなくなって、町の者たちも安心するでしょう」

言葉とは裏腹に、五味はいささか気落ちしているようだ。

「いかがした」

「いえ、何も……」

「騒動が収まり、お初と同じ屋根の下で眠れぬのが寂しいのか」

「お初殿は、寂しがっていますか」

信平が微妙な顔をして、

「さ、帰ろう」

歩みを進める。

五味は情けなさそうな顔をして、身体の力が抜けた足取りであとを付いてきた。

「信平殿」

「ふむ」

「今夜も泊まっていいですか」

信平は立ち止まって振り向き、微笑んでうなずいた。

第二話　長屋の若殿

一

「ありゃあ、わけ有りだな」

そう言った宗七《そうしち》は、椿《つばき》長屋の柱から半分ほど顔を出している。岡っ引きにでもなったような、探る眼差しだ。

後ろから、青光りがする頭をぺしんとはたかれた。やったのは女房のお勝《かつ》だ。

「人様をそんな風に決めつけて言うもんじゃないよ」

わざとらしくふらつく宗七の姿を見て、姉妹の妹恵代《えよ》がころころと笑う。

姉の美月《みつき》はそんな三人を横目に、部屋の戸口の前にしゃがんでいる新入りの若者に興味津々だ。

昨日越してきたばかりの若者は、色白の細面で、育ちがよさそうだ。昨日すれ違った時に、白い歯を見せて、いい天気だね、と声をかけられた時にそう思った。旅籠休楽庵《はたごきゅうらくあん》で料理の修業をしている美月は、時々ではあるが師匠の中矢陣八郎《なかやじんぱちろう》に付いて客の前に出るため、人を見る目も成長しているのだ。

そんな美月の横に来た三助《さんすけ》が言う。

「年は十六から二十といったところか」

美月は首をかしげる。

「もっと上に見えるけど、それにしても、炭を熾《おこ》したことないのかしら」

美月が心配するのは、若者が七輪に炭を熾すのに四苦八苦しているからだ。種火を付けて煙が出たと思ったら、消えるのだ。

「ああ、まただめだった」

美月が自分のことのように残念がると、宗七がおもしろがって言う。

「火も熾したことがねえということはだな、つまりはどこぞの金持ちの倅《せがれ》か、うちの殿様みてぇな身分があったに違いねえ。それがこんな長屋に流れ着いたのは、落ちぶれたか、曰《いわ》く付きってわけだ」

美月は宗七を見た。唇を舐《な》めて、目を輝かせているのは何か思い付いた時の顔だ。

「どうしてそんなに悪いほうに考えるの」

「よし、心配する美月ちゃんのためにも、おれがちょっくら訊いてくるからよ、三助、あいつが元殿様か若旦那か、賭けようぜ」

またぺしんと頭をたたかれた宗七が、ひしゃげたような顔をした。

「おい、舌を噛んじまったじゃねえか」

大声で文句を言う宗七に対し、お勝は負けてはいない。

口喧嘩《くちげんか》をはじめた声に振り向いた若者が立ち上がり、皆に見られていたのを知って苦笑いをして頭を下げた。

すると、美月と繋いでいた手を離した恵代が若者に駆け寄る。

「お兄さんは、殿様なの？」

無邪気に訊く妹に慌てた美月があとを追う。

「ごめんなさい。恵代、失礼よ」

頭を下げると、若者は気弱そうな笑顔で応じる。

「そんなんじゃないさ。ただの町人だよ」

恵代は遠慮がない。

「じゃあ若旦那なの」

「はは、どうしてそうなるんだい」

「炭も熾せないから、宗七のおじちゃんがそう言ってた」

若者がそっちを見ると、宗七たちが口喧嘩をやめて寄ってきた。

若者はばつが悪そうな顔をして頭を下げた。

「皆さん、引っ越しのあいさつもしないでごめんなさい。朝飯を終えてから回らせていただくつもりだったものですから」

低姿勢な若者に、宗七はすっかり気分をよくする。

「いいってことよ。それよりもあれだ、手こずっているようだから、おれが炭の熾しかたを教えてやるぜ」

「助かります。どうしてもうまくいかなくて」

宗七はしゃがんで、七輪の炭を火箸で取り出した。

「いっぺんに詰め込みすぎなんだよ。初めは細いのを選んで、こうして隙間を作ってやってだな」

やってみなと言われて、若者は真剣に学ぼうとしている。

その姿がまた、住人たちの興味をそそるのだった。

お勝が米を炊いてやり、美月が手伝ってめざしを焼き、朝餉を調えたところで、若者は改めて皆にあいさつをした。

「わたしは、勘治郎《かんじろう》と申します」

「年はいくつ？」

お勝に訊かれて、勘治郎は十九だと答えた。ちなみに生まれは、北千住《きたせんじゅ》だという。根無し草だった三助と同じく、家主は金さえ払えば誰にでも部屋を貸すため、勘治郎もその口だった。

お勝がさらに問う。

「どうしてこんなところに来たんだい」

「先日発売された、町の幸福具合五十番で、ぐんと位を三十五位まで上げていた鷹司町に住んでみたくなったんです」

するとお勝が、宗七の肩をたたいた。

「お前さん聞いたかい、三十五だってさ」

「買おうとしたんだが、売り切れちまってたんだ。へえ、三十五位まで上がってたか」

「はい。町の雰囲気がよくて、住人が楽しそうだというのが、上がった理由だそうです」

「一位でもいいくらいだよ」

お勝が少し悔しそうに言うのにうなずいた美月は、せっかくの食事が冷めてしまうと声をかけた。

「ありがとう」

勘治郎は部屋に入ろうとしたが、宗七が懲《こ》りもせず問う。

「あんた育ちがよさそうだが、親御さんは何をしているんだい」

すると勘治郎は、笑ってはっきり答えず、

「わたしは五男坊ですから、独り立ちすると決めてこちらに来たのです。仕事はゆっくり決めるつもりです」

頭を下げ、ごめんくださいと言って障子を閉めた。

美月はふと、うまく誤魔化されたような気がしたのだが、皆は気にしない様子で、めいめいの部屋に帰っていった。

それから数日が過ぎても、勘治郎は仕事を探そうとせず部屋にいて、一日中書物を読んでいる。

美月が部屋の前を通りがかりに、開いていた戸口から中を見ると、勘治郎が出てくるところだった。

「今日はいいお天気ですね」

美月が笑顔で言うと、勘治郎も爽やかな顔で応じる。

「ぽかぽかして、つい眠くなってしまうよ」

手に持っていた本を見せられて、美月がなんの本か訊《たず》ねようとしたのだが、三助が割って入った。

「お、医術の本かい」

「ええ」

「てことはお前さん、医者を目指すのかい」

立派な志だと感心されて、勘治郎は笑った。

「違いますよ。ただ興味があるだけです」

そこへ、どぶ板をたたく杖《つえ》の音がした。長屋の住人のお定《さだ》が、出かけようとしているのだ。

お定は目が見えないため、杖でどぶ板の安全を確かめながら、ゆっくり歩いてくる。

出かける時にいつも持っている赤い手提げ袋と、藍染《あいぞめ》の着物に赤い帯を合わせているのを見て、美月は声をかけた。

「お定さん、買い物ですか」

お定は立ち止まり、声がしたほうに面長の顔を向けて微笑む。

「美月ちゃんかい、そうだよ、ちょいとそこまでね」

美月が目になろうとした時、またも先を越された。足を進めたのは勘治郎だ。

「わたしがお手伝いしましょう」

そっと手をつかんだが、お定は振り払った。

「大丈夫だから、ほっといておくれよ」

目が不自由なお定は、新入りの男を警戒して、こころを開かない。

それでも勘治郎は、優しく声をかける。

「お節介が好きなのですよ。安心してください」

「いいから」

迷惑そうに眉間に皺を寄せたお定は、一人で出かけていった。

それでも勘治郎は、何かとお定を気にして、手伝いをするのだった。

医術の参考にしたいと言い、目を診せてくれと頼んだり、目病に効く薬が手に入ったから飲んでみてくれと言っては、お定に邪険にされる。

そんな日が続いていたが、見かねた三助が、出かけようとしているお定に声をかけた。

「お定さんよ、人の親切は素直に受けるもんだぜ。勘治郎さんは好《よ》い人なんだから、甘えたらどうだい」

「うるさいね、あたしゃ、人から情けをかけられるのが一番いやなんだよ。医者を目指しているんだかなんだか知らないけど、鬱陶しくてしょうがない。そこをどいとくれ」

杖で払われた勘治郎は下がった。

着物が土で汚れたのを見ていた美月は、三助が舌打ちしたのを聞いて心配になり、止めようとしたのだが間に合わなかった。

「勘治郎、この婆《ばあ》さんは一人でなんでもしてきたから、放っておけ」

怒って言う三助に、お定が杖を振り上げた。

「誰が婆さんだい！　まだ四十になったばかりだ」

「痛っ！」

肩を打たれた三助は、たまらん、と言って勘治郎を連れて逃げた。

部屋の前で見ていた美月のところまで来ると、三助は小声で勘治郎に言う。

「お定さんは、若《わ》けえ頃にいろいろ苦労して目を患ったせいで、性根がひん曲がってしまったんだ。根は悪い人間じゃねぇけど、気位が高いから、情けをかけられるのがいやなんだぜ。だからもう放っておくことだ」

すると勘治郎は身をかがめて膝に両手を置き、突然嗚咽をはじめた。

驚いた三助が、目を丸くしている美月を見てきた。

美月は、勘治郎が酷く悲しむ理由が想像できなかった。

三助が問う。

「おい、何をそう悲しむんだ。お前ひょっとして、お定さんと縁があるのか」

「いえ……」

勘治郎は首を横に振り、取り乱してごめんなさいと言って顔を上げた。

「苦労したと聞いて、自分の母親のことを思い出してしまいました」

「そうかい。そいつはすまなかったな」

「大丈夫です。では、わたしはこれで」

美月にも微笑んだ勘治郎は、自分の部屋に入って戸を閉めた。

三助が腕組みをして、美月に言う。

「ありゃあ、懲りちゃいねえ面だな。根っからのお節介焼きに加えて、てめぇの母親と重なったんじゃや、益々《ますます》放っておけないだろうぜ」

美月はうなずいた。

「そういう三助さんも、気にしているんでしょう」

「おれが？　誰を」

「勘治郎さんのことよ」

笑って言うと、三助は首の後ろをなでながら去った。

二

それからも勘治郎は、三助が美月に言ったとおり、そっとお定に気を配り続けている。

お定は目が見えないため、按摩《あんま》の仕事を生業《なりわい》にしている。出かけることもあるが、ほとんどの客が長屋の部屋に来るようで、毎日違った人が訪ねてくる。どうやら腕がいいときて、繁盛しているらしい。

女の客が二割、あとの八割は男だ。荷を運ぶ仕事で腰を痛めたという若者がいれば、歩くのもおぼつかない老翁がいる。

中には、四十のお定に下心を持った手合いもおり、身体を触られていやな思いをすることもある。

これを教えてくれたのは、お勝だった。

目が見えないお定は、きっと恐ろしい思いをしているに違いないとも言われて、勘治郎はどうにも腹が立ち、男の客が訪ねてくれば、それとなく様子をうかがうようになっていた。

つい先ほど、女と入れ替わりに中に入った客は、人相が悪い男だった。戸を閉める時にあたりをうかがい、心張り棒をかける音がしたのを耳にした勘治郎は、心配になり、裏に回って生け垣の隙間から様子をうかがった。

すると男は、春の陽気だというのに寒いと言って、裏庭に面する障子を閉め切った。

いやな予感がした勘治郎は、そっと庭に足を踏み入れ、しゃがんで聞き耳を立てた。

お定が施術の話をする声がしていたのだが、突然悲鳴に変わった。

「ちょっとお客さん、何するんだい」

「いいじゃねえか」

「やめとくれってば」

押し倒されたに違いないと思った勘治郎は、迷わず縁側に上がり、障子を開けた。

すると思ったとおり、男がお定に跨がっているではないか。

勘治郎は無言で中に入り、男の襟首をつかんで表の戸から引きずり出し、草履《ぞうり》を投げつけた。

戸を閉め、男を睨んで声を低く告げる。

「手荒な真似はしたくない。去れ」

「な、なんだてめぇは」

「ただの住人だ。文句があるか」

いかにも懐に刃物を隠している風に手を入れると、男は顔面を引きつらせて下がり、

「婆《ばばあ》なんざ、こっちからお断りだ！」

捨《す》て台詞《ぜりふ》を吐いて走り去った。

「誰が婆だ」

勘治郎が憤りつつ、男の背中に向かって叫ぶ。

「二度と来るな」

いきなり背中に衝撃を受けた勘治郎は、痛みに顔を歪めて振り向いた。

するとお定が、杖を振りかざして肩を打ってきた。

受け止めた勘治郎に、お定は歯を食いしばるような顔で言う。

「あれは演技だ。ああやっていやがると男が喜ぶからそうしていたのに、邪魔するんじゃないよ。あいつはいい金蔓《かねづる》だったのに、なんてことしてくれたんだい」

口では悪態をついているが、演技には見えなかった。その証拠に、細くて色白の腕には、本気で抗った痣がくっきりとあり痛々しい。

「危ないところでした」

勘治郎はそう言うと腕を取り、無理やり自分の部屋に連れて入ると、打ち身に効く軟膏《なんこう》を貼ってやった。

お定は大人しくなり、白く濁った目を向けてきた。

「こんな婆に、どうして親切にするのさ」

勘治郎は笑った。

「人として当然のことをしているお節介焼きですよ。さ、これで大丈夫。痛みますか」

お定は首を横に振った。

「では送っていきます」

「すぐ隣だから、大丈夫だよ」

「ついでに、食事を作りますから」

部屋に連れて帰った勘治郎は、夕餉《ゆうげ》の支度にとりかかった。あり合わせで作る料理は、美月が親切に教えてくれた。

味噌汁と、菜物があれば味噌和《あ》えを作ろうとしたのだが、食材は漬物しかなかった。

そこで自分の部屋に戻って味噌汁とめざしを焼き、飯を炊いて膳を調え、お定の部屋に戻った。

「味に自信はありませんが、召し上がってください」

膳の前に座らせ、箸を手に取らせると、お定は黙って口に運び、

「なんだい、いい味じゃないか」

そう言って、微笑んでくれた。

認められた気がして嬉しくなった勘治郎は、涙を堪《こら》えて、自分の部屋に戻った。

一人で喜びを噛みしめていると、外が騒がしいのに気付いた。隣からだと思い出てみると、お定の部屋の前で禿頭《とくとう》の五人組が声を荒らげ、出てこいと怒鳴っている。

「何ごとですか」

勘治郎が声をかけると、男たちは皆、目が不自由だった。一人が答える。

「わしらは、座頭仲間だよ」

髭《ひげ》を伸ばしている男が続く。

「お定の野郎は、仲間うちで決めごとをしている縄張りを守らず、人の客を取りやがったんだ」

掟《おきて》には厳しいらしく、五人は酷く怒っている。

「何かの間違いではありませんか」

勘治郎が庇《かば》ったのが気に食わないのか、五人は禿頭を赤く染め、杖でたたいてきた。

「誰か知らねえが、わしらの揉めごとに口出しをするんじゃねえ」

「お定、出てこい」

戸を激しくたたく男を止めようとした勘治郎は、目の端に人影を捉えて顔を向けた。すると、先ほどお定を手籠めにしようとした男が見ているではないか。

男は目が合うと、ほくそ笑んで逃げていく。

抗ったいやがらせに、五人を焚《た》き付けたに違いなかった。

あんな男に関わっているお定を勘治郎は心配し、部屋に戻って巾着《きんちゃく》を持って出た。

「待ってください。客を取られたのではなく、向こうから来たんです」

「まだ言いやがるのか」

「まあまあ、そう怒らずに、お定さんは悪くないのですから、今日のところは、これで一杯やって、機嫌をなおしてください」

一人ずつ小判を一枚にぎらせると、五人は見えない目の前にかざし、指でなでる。

「いい手触りだな」

髭を伸ばしている男が乱杭歯《らんぐいば》を見せて、嬉しそうな顔をした。

「お前さん、声は若いが何もんだい」

「何者でもありませんよ。医術を学んでいますから、ここで騒がれたら迷惑なだけです」

「ははあ、医者になるのかい」

「騙されるんじゃねえぞお前ら」

そう言いながら杖をついて歩いてきたのは、禿頭で丸顔の四十代の男だ。窪《くぼ》んだ眼を閉じ、鷲鼻《わしばな》がやけに目立つ男は、欲深そうな顔貌だ。

「その声は徳安《とくあん》の親方」

一人がそう言うと、五人は急に大人しくなった。どうやら、按摩たちを束ねているのはこの徳安なのだと、勘治郎は察した。

その親方が、顔を勘治郎に向けず問う。

「お前さんは、何かとお定にまとわり付いているようだが、魂胆でもあるんじゃねえのかい。お定は四十だが、三十路《みそじ》で通している売れっ子だ。惚《ほ》れたのかい」

「違います。ただ、目が不自由な人を放っておけずお節介を焼いているだけです」

「だったら、おれたちにもお節介を焼いてくれるのかい」

「お望みでしたら、わたしにできることを手伝いましょう」

「ふん、大きなお世話だ。目が見えるからって、下に見るんじゃねえよ」

「そんなつもりは毛頭ございません」

「その物の言いかたが気に食わねえと、お定が言っていたとおりだ。金輪際、おれのお定に関わるんじゃねえ」

「ちょいと、黙って聞いてりゃなんだい」

お定が障子を開けて顔を出した。

「いくら親方でも、あたしはあんたの女じゃないんだ。自分のもののように言うのはよしておくれよ」

「違《ちげ》えねえや」

徳安は禿頭を自分の手でぴしゃんとたたき、豪快に笑った。

「勘治郎さん、ちょいと手伝っておくれ」

「喜んで」

お定に言われて、勘治郎は駆け寄った。

徳安が鼻に皺を寄せる。

「何が喜んでだ、馬鹿野郎。おいお前ら、勘治郎から受け取った物を出しな」

聞いていたのか、という顔をした五人は、不承不承に応じて渡した。

五両を懐に入れた徳安は、飲みに行くぞと言い、皆を連れて引き上げようとして振り向く。

「おいお定、若けえのを相手にして死ぬんじゃねえぞ」

「馬鹿！」

「うは、うははは」

愉快そうに笑って帰る徳安のうしろに続く五人は、小判を取られてすっかり気を落としている。

「あんな人と関わっていないといけないのですか」

中に入るなり訊く勘治郎に、お定は真顔で答える。

「ああ見えて、徳安はわたしに按摩を仕込んでくれた恩人なのさ。あの人がいなければ、今日まで生きてこられなかったんだ」

「そうでしたか。気を悪くされたらあやまります」

「いいんだよ。どうせろくな人生じゃないんだ」

「それより、御用件とは」

「ああ、ないよ」

「え？」

「ああでも言わないと、徳安は蛇のようにしつこいからね、言いがかりをつけさせたら、江戸で一番なほどさ」

やはり離れるべきだと喉まで出かかっていたが、お定に嫌われたくなくて、今はやめておくことにした。

三

馴染《なじ》みの料理屋に上がり込み、五人の仲間に酒を飲ませていた徳安は、女将《おかみ》に耳打ちされてうなずき、お前たち飲んでいろ、と言って座を離れた。足触りがいい板張りの廊下に出て、女将が案内する奥の座敷へ向かった。誰もいない場所まで来ると、徳安は閉じていた瞼《まぶた》を開き、いい光を帯びている眼を女将の後ろ姿に向けて歩みを進める。

いつもの座敷には、先客があった。上座に座るのは、縮緬《ちりめん》の上等な着物を着た武家の男だ。

女将が酒肴《しゅこう》を調えて下がると、男はさっそく切り出す。

「わしをわざわざ呼び出したからには、いい話なのであろうな」

厳しい目を向ける男に、徳安は背中を丸めて口を開く。

「近頃、何かとお定の面倒を見る若い男がいるものですから、御前がお捜しの若君ではないかと思いまして、女将に使いを頼んだというわけでございます」

「何、若君だと。年は」

「探りを入れましたところ、十九でございました」

「名は」

「勘治郎です」

身を乗り出していた男は、腕組みをして考えた。

「わしは若君の名を知らん」

がくっと右肩を落とす徳安に、男は鋭い目を向けて口を開く。

「名は知らぬが、確かめる方法がある。右の胸板に三つ並んだほくろがあるか確かめろ。あれば殺せ」

徳安は仰天した。

「こ、殺すのですか」

「ただとは言わぬ。うまく葬ってくれれば、千両出そう」

「千両！」

「これ、声がでかい」

口を手で塞いだ徳安は、前金だと置かれた二百両を手にして、強欲心に火が付いた。舌なめずりをして、くっくと笑う。

「分かりました。この徳安におまかせください」

「しくじれば終わりだぞ。こころしてやれ」

「へい」

小判を風呂敷《ふろしき》に包んで懐に入れた徳安は、頭を下げ、座敷をあとにした。

五人の仲間には悟られないよう、女将に頼んで先に帰ったと伝えてもらい、一人で店をあとにした。

「明日だ」

そう自分に言い聞かせ、一晩まんじりともせず殺しの手順を考えた徳安は、朝早く家を出た。

椿長屋のどぶ板を杖でつつきながら進み、勘治郎の部屋に向かっていると、お定の部屋から楽しげな男女の笑い声が聞こえてきた。

耳をすますと、お定が作ったにぎり飯を旨いという声がする。

「あの野郎」

勘治郎め、と口の中でつぶやいた徳安は、殺意を顔に出さぬよう両手で口角を押し上げ、戸を開けた。

「おぉい、わしだ。若いもんの声がするが、いるのかい」

「何か用かい」

つっけんどんなお定の声にもめげず、徳安は笑顔を作る。

「お若いの、ゆんべ一晩考えて、年がいもなかったと猛省したんだ。一言詫《わ》びようと思ってきたんだが、どうだろう、仲直りの印に、按摩をさせてくれないか」

「いいえ、わたしは結構。それに、もうなんとも思っていませんから、気をつかわないでください」

「それじゃ、わしの気がすまねえんだ。このとおり、揉ませておくれ。それで仲なおりといこうじゃないか。お宝も返すからよ」

小判を五枚並べると、お定が引き取り、勘治郎に言う。

「そうしてもらいなさいよ。親方は腕がいいから、薪割《まきわ》りで疲れている身体をほぐしてもらいなよ」

「そうですか、では、お願いします」

お定の言うことならなんでも聞きやがるのだな。

そう思った徳安は、仰向けにさせて按摩をはじめた。

「かなり凝ってやすね」

腕がだるいというので揉んでやっていた徳安は、なかなか腕っぷしが強そうだと思い気を引き締めた。

肩から首の付け根へと揉み進み、

「ちょいと、前を開きますよ」

そう声をかけ、着物の襟を割った。細身だが、胸板はそれなりに厚みがある。そこで徳安は、勘治郎に気付かれぬよう背を向け、閉じていた瞼を開いた。眼には怪しげな光を宿している。そして、御前こと、十万石森竹《もりたけ》家江戸家老の郷田《ごうだ》影右《かげゆう》が言っていたほくろを確かめると、くっきりと、胡麻粒《ごまつぶ》ほどの大きさのほくろが三つ並んでいた。己の目でしっかりと確かめた徳安は、ごくりと喉を鳴らした。

殺さねばならぬ。千両だ。

「うつ……」

気が張り詰めて声が裏返った徳安は、空咳《からせき》をして言いなおした。

「うつ伏せになっておくんなさい」

応じてうつ伏せになった勘治郎の後ろ首をじっと見つめた徳安は、またごくりと空唾を飲み、革の入れ物から太くて長い針を出す。

「背中も凝っておりやすね」

適当に揉みながら、首の急所を指で探り当て、鋭い針を向けた。

一突きで、終わりだ。刺したあとは、急に心ノ臓の具合が悪くなったように騒げば疑われやしない。

胸の中でそう自分に言い聞かせると、針を持つ手の震えが止まった。

「南無阿弥陀仏《なむあみだぶつ》」

声に出さぬよう念仏を唱えた時、

「おーい、いるか」

野太い声がすると同時に、表の戸が開いた。

顔を向けた徳安は、大男がかがんで入るのを見て思わず悲鳴をあげそうになったが、口を手で押さえて止めた。

「おや、佐吉《さきち》の旦那かい」

お定が機嫌よく迎えた。

この町の代官《だいかん》の名を知っている徳安は、針をそっと隠して、勘治郎の背中をさすり、按摩をしているように見せかけた。

中に入った佐吉は、驚いたように言う。

「なんだ勘治郎、すっかり馴染んだようだな」

勘治郎は徳安に礼を言って身を起こし、佐吉に向いて正座した。

「おかげさまで、なんとか」

頭を下げる勘治郎に、佐吉が言う。

「それはよかったな。どうしているか見に寄っただけだ。邪魔をした」

佐吉にじろりと見られたが、徳安は目を閉じているため知る由もない。

「親方、この町の代官様ですよ」

「へい、気付きませんで、失礼いたしやした。では、あっしはこれで。ああそうだ勘治郎さん、今夜は酒を少しだけにしてくださいね。身体を冷やさないように」

徳安はそう言うと、佐吉がいるほうではない台所に向かってぺこぺこ頭を下げ、狭い土間を転がり落ちるような演技を忘れず、外へ出た。

佐吉が顔だけを出して、

「何を慌てておるのだ」

首をかしげる。

するとお定が、

「按摩仲間を連れてきて騒いだから、叱られると思ったんでしょう」

そう言って笑った。

四

佐吉を表の通りまで見送って出た勘治郎は、姿が見えなくなるまで頭を下げていた。

出たついでに、町の暮らしを楽しむために商店が軒を連ねる通りへ足を向け、できたばかりの饅頭《まんじゅう》を売っていた店の前で足を止めた。

お定の分も求めて受け取ると、まだ温かかった。

冷めないうちに食べてもらおうと思い椿長屋に帰ると、お定が家の前でうずくまっていた。路地には誰もいない。

「どうしたのです」

駆け寄って声をかけても、お定は答えられない。酷く苦しそうに顔を歪めているのに動揺して、思わず声が出そうになったが、ぐっと堪えた勘治郎は、抱き上げて部屋に入り、布団を敷いて横にさせた。

すぐに外へ出ると、折よく三助が路地に入ってきた。

「三助さん、お定さんが苦しんでいます。医者を呼んでいただけませんか」

楊枝《ようじ》を吹き捨てた三助は、待ってろと言って走り去った。

程なく三助が連れてきた医者は、

「またあんたか」

こう述べてお定の腹を押さえ、どこが痛いか確かめた。

触診を終えた医者に、勘治郎が問う。

「なんの病ですか」

医者は険しい顔を向けた。

「お定さんは、特段悪いでき物があるわけではないのだが、若い頃の苦労が、今になって出てきておる」

「それはつまり、どういうことですか」

「分かりやすく言えば、臓腑《ぞうふ》が弱っているということじゃよ。若い頃に、毒でも盛られたかの」

「毒！」

声をあげたのは、上《あ》がり框《がまち》に腰かけていた三助だ。驚いて立ち上がっていたが、四《よ》つん這《ば》いになって近づいてきた。

「先生、毒ってなんだい」

「そいつはお定さんが知っているはずだ。なあお定さん、いったい何があったのか、教えてくれんかね」

「先生、お定さんは痛みで話せる状態じゃありませんよ。早く治してください」

焦って頼む勘治郎に、医者は渋い顔をする。

「よう効く薬はあるにはあるが、お定さんは高いと言って飲まんのだ」

勘治郎は部屋に戻り、巾着を手に引き返した。

「これで買えますか」

医者の前に置いたのは、小判十枚だ。

じっと勘治郎を見ていた医者は、真顔で引き取り、無言で薬を出した。

勘治郎は、気を失いかけているお定を抱き起こした。医者が丸薬を口に入れると、お定は高い薬を拒むこともなく飲み込んだ。

薬はよく効き、お定は半刻《はんとき》（約一時間）もしないうちに痛みが治まったらしく、顔色もよくなった。

「もう大丈夫じゃ」

医者はそう言うと、薬を朝と夜飲ませるよう勘治郎に言い、小判を一枚だけ取り、あとは返してきた。

「わしは、悪徳ではないからの。また痛みが出るようなら、いつでも言いなさい」

そう言って、薬の袋を置いて帰った。

飲みに行こうと誘う三助と医者を戸口で見送った勘治郎は、眠っているお定に振り向いた。

「毒とは、どういうことだ」

そう独り言《ひとりご》ちて座敷に上がり、寝顔を見つめる。

「この人にいったい何があり、何をされたんだろうな」

背後でした声に振り向くと、三助がいた。

「酒を飲みに行ったのでは……」

「急な病人が出たらしく、先生を連れていかれちまった」

笑った三助は、真顔でお定を見た。

「苦労したとは聞いているが、毒まで盛られていたとは知らなかった」

「藪医者《やぶいしゃ》のことなんざ、信じるもんじゃないよ」

お定が目をつむったままそう言い、寝返りをして背中を向けた。

「違うのですか」

勘治郎が訊いても、お定は眠いと言うだけで、答えてくれなかった。

夕方にまた来ると言って部屋を出ると、三助に袖を引かれた。

「ちょっと来い」

顎で示されたのは、路地の奥にある井戸端だ。

応じて行くと、三助はあたりに誰もいないのを確かめ、小声で訊いてきた。

「お前、盗賊の一味か」

顔は笑っているが、目つきが厳しい。

勘治郎は目をくるりと回した。

「は、どうしてそんな……」

「あのな、一日働かないで本を読むか、飯を作ることしかしねえのに、他人の薬代をぽんと出せる大金を持っている。誰がどう見たっておめえ、今江戸を騒がせている押し込み強盗じゃねえかと疑うのは当然だ。見られたのがおれでよかったな。で、どうなんでい」

「盗《ぬす》っ人《と》のわけありませんよ」

「だろうと思う」

疑っておきながら大きくうなずく三助の心中が読めない勘治郎は、腹も立たない。

三助が肩をつかんできた。

「やっぱりおめえは、商家の息子なのか。いや、金の使い方がまるで分かっちゃいねえようだから、やっぱり殿様の子か」

「薬の値が分からなかっただけです。お金は、独り立ちできるよう、親が少し持たせてくれただけですから」

「ほんとうかい」

「ええ、ほんとうです。もういいですか」

濁して部屋に戻った勘治郎は戸を閉め、格子窓から外を見ると、三助はもういなかった。

「危ない危ない」

そうつぶやいた勘治郎は、長い息を吐いて胸をなで下ろした。

五

赤坂にある大名屋敷は、にぎやかで活発な表御殿にくらべ、奥御殿は火が消えたように静まり返っている。

上段の間と下段の間がある寝所で病に臥《ふ》しているのは、藩主の森竹右京亮元孝《うきょうのすけもとたか》だ。

青白い顔をした元孝はもう一年以上も病床にいるのだが、ここ五日は熱が下がらず、家中の者は静かに見守っているのだ。

寝所に出入りを許された数少ない者の一人に、元孝が生まれた時から今日までの長きにわたり、身の回りの世話をしてきた侍女の靖《やす》がいる。

そっとそばに座した靖が、元孝の額に置かれた熱冷ましの布を冷たい物と取り替えたのを機に、元孝は目を開けた。

靖は優しく微笑む。

「喉がお渇きでしょう」

国許《くにもと》で焼かれた伊万里《いまり》焼きの吸い飲みを口に近づけると、元孝は一口だけ飲み、天井を見つめて口を開く。

「わしの命も、先が短い。そう思い嗣子《しし》を定めた途端に誰も顔を見せぬとは、薄情な者どもよの」

靖は微笑み、元孝の口元を拭いながら慰める。

「おこころを穏やかにしてくだされ。見舞いを許せば大勢の者が押し寄せますから、殿のお身体にご負担なきようにと、奥方様のご配慮なのですから」

「ふん、家来どものことではない」

「では、すぐ若殿をお呼びいたしましょう」

「いらぬ。会えば領地のことで怒鳴らずにはおれぬゆえ毒じゃ」

「まあ、そのような言われようをなさっては、元昌《もとまさ》様がお気の毒です」

「何が気の毒なものか。奴を呼べ」

心得た様子で下がった靖と入れ替わりに入ってきたのは、元孝側近の老臣、細野《ほその》増《ます》兵衛《べえ》だ。

「殿、お呼びでございますか」

白髪まじりの鬢《びん》と眉毛の増兵衛は、主君の身体を心配し、起き上がるのを手を添えて手伝い、肩に羽織をかけた。

そんな老臣に、元孝は厳しい目を向ける。

「倅はまだ見つからぬのか」

「お許しください。江戸中を手の者に捜させているのですが、どこにいるのかまったく分かりませぬ」

「そのほうは、いつもそうやって、あやまってばかりではないか」

咳き込みながら小言をぶつける元孝を心配して背中をさすった増兵衛は、吸い飲みの水をすすめた。

「先にお薬を」

そう言って折敷《おしき》を手に入ってきた靖が、増兵衛に差し出す。

湯気が上がる湯吞《ゆの》みを取った増兵衛は、息を吹きかけて冷ますと、あるじに飲ませた。

素直に飲む元孝を見て目尻を下げた靖が、増兵衛をちらと見て口を出した。

「殿、お叱りを承知で申し上げます」

「一度決められたことを覆されては、家中の者が迷うのではないでしょうか」

「苦しゅうない」

これまで相談に乗っていただけに、靖は遠慮がない。何よりも元孝のことを第一に考える老女は、病に臥しながら二人の息子のことで悩む姿に胸を痛めているのだ。

すると増兵衛が、余計なことを言うなとばかりに反論する。

「靖殿の殿を案じられる気持ちはそれがしも同じでござるが、殿は御家の未来を憂えておられるのだ。殿の名代として昨年から若殿が政《まつりごと》をはじめられて以来、領地の陣屋には年貢についての不満を訴える者が急増し、国家老は対応に苦心されておられるのだぞ」

それも元孝の頭痛の種だった。嗣子と決めた元昌については、幼い頃から愚鈍だと薄々感じていたが、まさかここまで酷いとは思わなかったのだ。

元孝の胸のうちを知らぬはずもない靖は、口を閉じた。

元孝が薬を飲み干し、湯呑みを受け取る靖に本音をこぼす。

「元昌の強欲ぶりは、国を治める器ではない。このままでは、遅かれ早かれ必ず一揆《いっき》が起きる。そうなれば御公儀から咎められ、御家存亡の危機じゃ」

悩む元孝だが、元昌を嗣子の座から下ろすとは明言しない。

増兵衛は、そんな元孝の顔色をうかがっていたが、先に痺《しび》れを切らせたのは靖だ。

「ここは思い切って、殿の憂いを取り除くべきです。すぐにでも、元昌殿を廃されませ」

増兵衛は、先ほどの発言を撤回して進言する豪胆《ごうたん》な靖に目を見張った。

だが元孝は激怒するどころか、愉快そうに笑う。

「侍女にしておくのはもったいない者よ、のう増兵衛」

「おっしゃるとおり」

笑った増兵衛は、元孝に睨まれて真顔になった。

「まずはもうひとりの息子を捜し出し、わしの前に連れてまいれ」

「もうひとりの息子……」

「なんじゃ」

増兵衛は懇願する顔を向ける。

「何ゆえ殿は、若君の御名を口に出されませぬ」

元孝は目をそらした。

「そのほうが言うほどの者かこの目で確かめる。話はそれからじゃ」

「はは」

急げと命じられて頭を下げた増兵衛は、自らも捜すと告げて寝所から出ていった。

このやりとりを隣の座敷に潜んで盗み聞きしていた人影は、音を立てぬように外障子を開けて去った。後ろ姿は、矢絣《やがすり》を纏った侍女だ。

廊下に出ても、その怪しい影に気付かなかった増兵衛は、主君のために屋敷から出かけた。急いで向かうのは、赤坂御門に通じる道だ。漆喰《しっくい》の長い塀沿いに歩いていた増兵衛が門の前で人目を気にして立ち止まると、程なく門番に声をかけられて足を進める。増兵衛が招き入れられたのは、信平の屋敷だった。

六

郷田影右に呼ばれた徳安は、料理屋の離れに行くと廊下で両手をついた。

「苦しゅうない入れ」

「へい」

膝行《しっこう》した徳安は恐縮して盃《さかずき》を受け取り、一息に飲み干した。

返杯を受けた郷田が厳しい顔で問う。

「勘治郎の報告はどうした。まだ分からぬのか」

「お許しください。間違いなくほくろがあったものですから、針でぶすりとやるつもりでおりましたところへ、折悪く鷹司信平侯の家来が来ましたもので、今は次の機会を狙っておるところでございやした」

郷田は鋭い目を向ける。

「気付かれてはおらぬのだな」

「へい」

「次こそしくじるでないぞ。しくじればどうなるか、分かっておろうな」

命はないと暗に脅す郷田に、徳安は恐れることなく問う。

「あの若いのは、いったい何者なのでございますか」

郷田は憎々しげに唇を歪めて開く。

「殿の外子だ」

「ええ！」

思わぬ答えに大声が出た徳安は、郷田に大声を出すなと叱られて口を両手で塞いだ。

「殿様のお子は、元昌君だけだと思っておりましたもので、つい……。まことに、間違いないのでございますか」

郷田はうなずく。

「わしも生まれたばかりの時しか顔を知らぬが、幼名は昭寿丸《しようじゆまる》じゃ。もっとも、元服しておる今は名乗っておるまい。胸のほくろが何よりの証《あかし》だと、姉上がそう申されておった」

姉とは、郷田の実の姉藤《ふじ》のことだ。元孝の正妻であり、嫡男元昌の母親である。

「甥《おい》である元昌が病の殿に代わって政を担うようになり、わしの将来も安泰のはずだった。ところが殿は、いささか行儀が悪く、御家のためを思い領地の年貢を上げただけの元昌に不満を抱かれ、ここにきて家督を譲るのをやめようとされておる」

「確か若君は、酒と女好きでございましたな」

じろりと睨まれた徳安は、自分で自分の頬を平手打ちした。

「口がすぎました」

郷田は不機嫌に言う。

「殿は、病を得て気が小さくなっておられるのだ。些細なことを咎められる。そこに付け込んだのが増兵衛よ。奴は、己が育てた昭寿丸こそが藩主の器だとでも言うたに違いなく、殿は妄言を信じて期待しておられる。よって、証のほくろがある勘治郎は、我が郷田家の邪魔になる男だ。必ず息の根を止めろ」

「へへえ」

承知して料理屋を出た徳安であったが、

「わけが分からん」

郷田の事情ではなく、己の人生を嘆いた。

徳安が郷田の命令に従うようになったきっかけは、命と金の縁だった。

目が見えるのに見えないふりをして按摩仲間を牛耳《ぎゅうじ》り、座頭として手も広げようとしていた徳安は、縄張り争いをしていた相手の用心棒に命を奪われそうになった。そこを助けてくれたのが郷田だったのだ。

そうやって知り合った郷田から、目が見えないお定を見張るよう命じられて、恩返しと金欲しさに言うことを聞いていたが、ここにきて人殺しまでしろと言う。

徳安は橋の欄干にもたれかかり、流れの穏やかな川の水面《みなも》に映る自分の姿を見てため息をついた。

「厄介《やっかい》なお人に、恩に着せられちまったなあ」

禿頭を両手で抱えた徳安が殺しを躊躇《ためら》うのは、勘治郎の爽やかな笑顔が脳裏をかすめて一閃したからだ。

お定の世話をする優しい勘治郎が殿様になれば、領民は幸せだろうなとも思う。

武州の田舎で生まれた徳安は、強欲で人を人とも思わぬ代官によって村の者たちが酷い目に遭わされる中で幼少期を過ごしており、働いても働いても食えない村を捨てて逃げた親と泥水をすすって生きてきただけに、郷田と甥である元昌が支配する領地の者たちが、この先どんな目に遭わされるか想像できるのだった。

一度はしくじったというか、佐吉のおかげで人殺しにならずにすんだと思っていた徳安は、それでも郷田に恩があるため、勘治郎を殺さないわけにはいかないとも思い、頭を振った。

「言われたとおりにするしかない。そうでなきゃ、わしが殺される」

苦労した両親が、お前だけは長生きして幸せになれと言い残して死んだのを胸に呼び起こして気持ちを奮い立たせた徳安は、欄干から離れて橋を渡った。

御家が潰れて御殿が破却された大名屋敷の外囲いをそのまま町の境界にしている鷹司町の表門は、悪事を働こうとする者にとっては、禍々《まがまが》しい門構えだ。

目を閉じて杖で地面を探り、座頭になりすました徳安が門に近づくと、門番が駆け寄って、救いの手を差し伸べて中へ入れてくれた。

「こりゃどうも」

笑みを浮かべて頭を下げた徳安は、椿長屋に急ぎ、路地のどぶ板を杖でたたきながら、薄目で様子を探る。

勘治郎は今日も、お定のために洗濯物を取り込んでいた。

己のためにこころを鬼にしている徳安は、仏顔で部屋の前に立った。

「お定、いるかい」

「今お客さんの按摩をしているから、入っちゃいけないよ」

快活なお定の返事に、徳安は声に出して笑った。

「目が見えねえわしにそれを言うかい」

「ああ、徳安の親方でしたか。どうぞ」

戸を開けた徳安は薄目で見たのだが、思わず目を見開きそうになって慌てた。着物の両肩を外して色白の肌をあらわにしたお定が、せっせと女の身体を揉んでいたからだ。

汗で身体を光らせ、上気して桜色に染まったお定の肌を見て、徳安はごくりと喉を鳴らし、慌てて外へ出て戸を閉めた。

「いけねえ、目に毒だ」

そうこぼした時、

「何が毒なのです」

ふいに背後で声をかけられたものだから、わっと仰天した徳安は振り向く。

勘治郎が不思議そうな顔をしているのを一瞬だけ見た徳安は、違う方角に顔を向けて言う。

「その声は、勘治郎さんだね」

「驚かせてすみません」

「いや、いいんだ。さっきのは毒ではなくて、どこだ、と言ったんだよ。お前さんのことだ」

「ああ、井戸端にいました」

「そうかい。今日も、お定のために働いてくれているのだな。座頭として礼をさせてくれ。按摩だよ。凝り固まっているだろう」

「では、お願いします」

優しい勘治郎は、徳安の気がすむならと拒むはずはない。

それが分かっている徳安は、また同じ手口でやるつもりだ。お定が客の相手をしている今を逃す手はない。

勘治郎の部屋で按摩をしながら隙をうかがう徳安は、気になっていたことを訊こうか迷いが生じていた。殺す相手の心情を知るなど、刺客としては失格だが、刺客を生業としていない徳安は、好奇心のほうが勝るのだった。

「思ったとおりだ。今日も凝り固まっているな」

「洗濯をしたせいでしょう」

「お前さんはどうして、こうまでお定に親切にするんだい」

待っても返事がないので、徳安は薄く瞼を開けて見た。すると、うつ伏せになっている勘治郎の横顔は、告白を迷うような表情に見える。

徳安は、まあいいかと思い按摩を続けた。

「わたしを産んでくれた人なのです」

「ああそう……」

生返事をした徳安は、はっと目を見開いた。

「今なんと言った」

「お定さんは、わたしの産みの母です」

「まさか！」

郷田はそんなことは一言も言っていなかったと思い動揺するも、すぐに合点《がてん》がいった。若い者が見ず知らずのお定の世話をするにしては、気の使いようが尋常ではないと思っていただけに、気持ちが落ち着いたところで、郷田がお定を見張らせたわけも理解した。

「どうして生き別れたんだい」

郷田姉弟のことが引っかかって問うと、勘治郎は身を起こして向き合い、徳安に神妙な顔を向けた。

徳安は目を閉じるも、気になり薄目を開けた。

勘治郎は目を合わせず言う。

「話せば長くなりますが、聞いてくれますか」

「聞くとも」

お定さんには内緒でと言った勘治郎が目を伏せ気味に、生い立ちを話した。

「わたしは、まだ生まれたばかりの頃に、母と引き離されたのです」

「その前に教えてくれ。お定はいったい、どこの誰の女だったんだ」

「西国の大名、森竹右京亮元孝の正妻でした」

「正妻！」

徳安は眩暈《めまい》がした。

「大名と正室の息子ということは、つまり、嫡男なのか」

「一応そうなりますが、嫡男の扱いは受けていません」

「今を見れば分かる。分かるが、大名の正妻と若君が、なんでこんな落ちぶれた暮らしをしている」

「育ての親から聞いた話では、母はわたしを産んでひと月もしないうちに突然目を患い、見えなくなってしまいました。母も大名の娘ですが、当時実家が没落していましたから、無情にも離縁させられたのです。郷田という、今の江戸家老の画策もあったと思うのですが、母が屋敷から出されて間もなく、郷田の姉が正妻に迎えられ、その時にはもう、わたしよりひとつ年上の腹違いの兄がいたそうです」

「つまりはあれか、殿様はお定という人がありながら、家来の姉とねんごろになっていたというわけかい」

勘治郎は悔しそうな顔でうなずいた。

「聞くところによりますと、家来の姉の甘えじょうずに籠絡《ろうらく》された父が、病がちな母を疎み、わたしを産んで目が見えなくなったのを機に、親子共々屋敷から追い出したのです」

藤が正妻になると同時に元昌を嫡子とし、勘治郎は細野家に入れられたのだ。

「わたしがこの事実を知ったのは、父が病に倒れてからでした。この年になるまで、細野の息子だと信じていたのです」

増兵衛は、身ひとつで屋敷を追い出された定を哀れみ、長年行方《ゆくえ》を捜していたのだが、先に見つけたのは藤だった。そこで藤は弟の郷田を使い、さらにお定を追い詰めていたのだ。

勘治郎の話を聞いているうちに、徳安は背筋が寒くなる気分になった。お定を手元に置いて見張るのと同時に、生かさず殺さず苦しめろと郷田に言われ、そのとおりにしていたからだ。

徳安が冷や汗が流れる背中を丸めていると、勘治郎がじっと目を見てきた。すべて知っているぞ、そう言わんばかりの眼差しで口を開く。

「藤殿に遅れて居場所を突き止めた育ての親増兵衛は、徳安さん、あなたに按摩の稼ぎを搾取されているのを知り、この地のあるじである鷹司信平侯に頼み込んで、母を椿長屋に住まわせてもらったのが一年前のことだそうです」

真相を知った徳安は、搾取したのを猛省し、

「畜生にも劣りやがる」

つい、郷田に対しての感情を声に出してしまう。

「このことは、母には黙っていてください」

念押しした勘治郎は微笑み、うつ伏せになった。

勘治郎はまだ、わしが郷田の手先だと知らないようだ。そう思って目を開け、うなじを見つめた徳安は、ごくりと空唾を飲む。金を受け取っているからには、目の前の勘治郎を殺さねば自分が殺される。

無防備にうつ伏せになっている若者の首に針を向けた。だが、手が震える。

長い息を吐いた徳安は、針を革の入れ物に納めた。そして胴巻きを外すと、勘治郎の顔の前に置いた。どさりと重そうな音がする。

「この金は、お定の物だ。今すぐこれを持って、母様を連れて遠くへ逃げろ」

立ち上がって草履をつっかけ、戸口から出た徳安を、勘治郎が追って出て腕をつかんだ。

「逃げろとはどういうことです」

徳安は目を開けて答えようとしたのだが、勘治郎の背後に近づく男が目に入り、咄《とっ》嗟《さ》に腕を引いて下がらせた。そして、男が吹き矢の筒を咥《くわ》えるのを見た徳安は、あっと声を発してお定の部屋の戸を開け、勘治郎を中へ押し入れた。その刹那、男が勘治郎を狙って吹き飛ばした矢が飛んできて、かばった徳安の腕に刺さった。

痛みに顔をしかめた徳安は、勘治郎を押して中に逃げ込んだ。

「腕に刺さっています」

そう言って細い矢を抜いた勘治郎は、矢の先を見て表情を険しくして言う。

「毒が塗られていたかもしれませんから、江島《えじま》様の屋敷に逃げましょう」

按摩を終えて客を帰していたお定は、騒ぎに驚いた顔をしている。

「いったい何ごとだい」

勘治郎は土足で上がり、お定の腕をつかんだ。

「背負いますから、一緒に来てください」

「ちょいと何するんだい。次の客が来るから、あたしはどこにも行かないよ」

「今はそんなことを言っている場合ではありません」

勘治郎はお定を背負おうとしたが、お定はまた腕を振り払った。

「母上！　昭寿丸を信じて言うとおりにしてください！」

つい出た勘治郎の声に、お定は濁った目を見開いた。

「お前、昭寿丸……」

勘治郎は母を背負い、苦しみはじめた徳安を見て目を見張った。

「やはり毒が……」

「こんなのは、平気だ」

やせ我慢をして立ち上がった徳安は、裏から逃げた。

勘治郎が母を背負い、徳安の腕をつかんで逃げるのには限界があった。

「表通りに出れば助けを呼べますから気を確かに」

そう励まされた徳安は急いでいたが、刺客に追い付かれ、ゆく手にも人が現れた。

相手は十人もいる。

勘治郎は、前と後ろからゆっくり詰めてくる覆面の曲者《くせもの》から身を守るため、長屋の裏木戸を蹴破って中に逃げた。

建物のあいだの狭い通路を抜けて長屋の路地に出たところに、三助たちがいた。

「おいどうした！」

「命を狙われています。危ないですから中に入ってください」

「なんだと！　おいみんな！　人殺しだ！」

三助の声に悲鳴をあげる者がいれば、勇んで棒を持つ者もいる。

騒ぎになると曲者たちは引き下がるかと思われたが、甘かった。十人が路地に出てきて刀を抜き、大声で脅した。

「邪魔をする者は斬る！」

一糸乱れぬ動きで刀を構える曲者たちに、長屋の連中は息を呑《の》んだ。

「こいつらやべえぞ」

恐れた三助は、お定を背負う勘治郎を自分の部屋に逃がそうとしたのだが、曲者が斬りかかってきた。

勘治郎は引いて切っ先をかわし、手に当たった笊《ざる》をつかんで、二の太刀を振るおうとした曲者に投げた。

斬り飛ばした曲者が、大上段に刀を振り上げた時、

「うっ」

と短い声を吐き、膝から崩れるように倒れた。足を抱えて苦しむ曲者の両膝には、黒い棒が突き刺さっている。

曲者たちが一斉に構えを転じた路地には、鈴蔵《りんぞう》がいた。そしてその後ろから大男の佐吉が現れ、仁王のように険しい顔をした。

「貴様ら、鷹司家の領内で何をしておるか。刀を捨ててそこへなおれ！」

地響きがするような大声に、覆面の曲者どもは後ずさる。

路地の奥から逃げるべく向きを変えて走った。だが曲者は立ち止まり、刀を構えた。

悠然と歩いてきた信平が、退路を塞いだからだ。

濃い朱色の狩衣を纏った信平は、刀を構える曲者に歩みを進める。そんな信平に、

曲者は斬りかかろうとしたのだが、まったく隙のない立ち姿に気圧《けお》されて下がった。

その背後では、一人の曲者が役目を果たすべく勘治郎に迫った。気合をかけて刀を振り上げたその腕に、鈴蔵が投げた棒手裏剣が突き刺さる。

これを機に、信平が地を蹴った。

突風が吹き抜けるように迫る信平に、曲者どもは悲鳴に近い声を発して刀を打ち下ろした。

信平はその刃をかい潜りながら狐丸を一閃させて振るい、敵の足の筋を断ち切り、狩衣の袖が舞ったあとには、二人三人と倒れてゆく。

凄まじいが華麗ともいえる剣技を見せる信平を恐れた曲者たちが、我先に逃げようとするも行き場がなく、信平よりはましだとばかりに、束になって佐吉に向かってくる。

「おう！」

大音声の気合をかけて迎え撃つ佐吉は、薙刀《なぎなた》のような大太刀を抜き、斬りかかってきた曲者の刀を弾《はじ》き飛ばした。目を見張り愕然《がくぜん》とする曲者の胸ぐらをつかむと、剛力をもって投げ飛ばす。

狭い路地で飛ばされた曲者は仲間とぶつかり、三人が巻き込まれて倒れた。それを見た他の曲者どもは、捕らえられるのをよしとせず、潔くその場で自害しようとした。

むろん、信平がそれを許すはずもなく、腹を斬ろうとした者に左腕を振るって隠し刀を飛ばし、手首を傷つけて阻止した。

鈴蔵と佐吉に飛びかかられた曲者たちは、切腹しようとしていた手をつかまれ、脇差を奪われ取り押さえられた。

「おいみんな!」

三助の声に応じて出てきた長屋の連中が、佐吉たちを手伝って曲者を縛りにかかる。こうなると十人は観念して抵抗せず、首を垂れた。

「これを飲めば大丈夫、毒は消える」

鈴蔵が差し出した毒消しの丸薬を飲み込んだ徳安は、信平に平伏《ひれふ》した。

「手前は、森竹家江戸家老の郷田の指図で動いておりやした。この曲者どもも、きっと郷田の手の者でござんす」

うなずく信平は、佐吉に命じて曲者どもを連行させた。

長屋の連中がまだざわついている中、勘治郎に背負われたままのお定が、顔を触りながら言う。

「お前、ほんとうに昭寿丸なのかい」

勘治郎は母の手をにぎり、頬に押し当てた。

「温かい。これが、母の温《ぬく》もりですか」

「昭寿丸」

背負われたまま抱き付いて嗚咽するお定に、勘治郎も涙を流して言う。

「増兵衛から生い立ちを聞かされたのは、つい先日でした。母上のご苦労を知ったわたしは、そばで力になりたいと思い、時々様子を見に来ていたのですが、隣の部屋が空いていると分かり、身分を偽って江島様にお願いして、借りたのです」

勘治郎はお定を下ろし、信平に頭を下げた。

「危ないところをお助けいただき、かたじけのうございます」

信平は首を横に振る。

「定殿、増兵衛殿から、そなたを助けてほしいと頼まれたが、危ない目に遭わせてしまった。許せ」

「何をおっしゃいます。ご迷惑をおかけしたのはわたしのほうです。どうかお許しください」

慌てて声を張ったお定が、勘治郎に言う。

「信平様は屋敷で暮らすようおっしゃってくださったのですが、わたしが長屋に住みたいとお願いして、椿長屋に置いてもらったのです」

勘治郎はうなずいた。

「そのおかげで、わたしは母上のそばに来ることができました」

信平が問う。

「定殿がここにいると、どうやって知ったのだ」

「増兵衛が、側近の家来と話しているのをたまたま耳にしたのです」

「それで、ひと月だけここで暮らすと書き置きをして出たのか」

勘治郎は目を伏せた。

「増兵衛にはそう書き置きしましたが、本心は……」

その先を言わせぬとばかりに、お定が言葉を被せた。

「まさか親方が、郷田の手の者だとは思いもしませんでした」

お定は信平の前では態度と口調を一変させて、武家の奥方に戻っていた。

「すまねえ」

徳安がお定の前に来て地べたに両手をついた。

「煮るなり焼くなり、どうとでも気がすむようにしてくれ」

「何を言うのです」

勘治郎が徳安の手を取り、頭を上げさせた。

「そなたのおかげで、毒矢に当たらずにすんだのだ。命の恩人だ」

「若様、とんでもねえ」

声を震わせる徳安の肩をつかんで微笑んだ勘治郎は、向きを変え、信平に頭を下げた。

「わたしはすべて捨てる覚悟でここに来ました。このまま商家の五男坊として、母と椿長屋で暮らしとうございます」

「そなたは、母御を追い出したお父上を恨んでいるのか」

信平にそう問われた勘治郎は、唇を引き締めた顔を上げた。強い気持ちが込められた表情をしている。

「恨んでいます」

信平は、穏やかな顔をして告げる。

「増兵衛殿から、御家の事情を聞いている。国許の民を救えるのは、そなたしかいないのだと」

「養父ですから、親の贔屓目《ひいきめ》でそう言っているのです」

「麿はそうは思わぬぞ。そなたはすべて捨てたと申したが、兄元昌殿が領地の政をはじめて以来、民の安寧を案じていたそうではないか」

「わたしには、もう関わりなき御家です」

「元孝殿は、定殿を遠ざけたことを悔い改め、そなたに家督を譲りたいとお考えのようだ。それでもここで暮らしたいか」

勘治郎が返事をする前に、定が腕を引いた。

「今すぐ、屋敷に行きなさい」

「行きませぬ」

「昭寿丸、思い違いをして父上を恨むんじゃないよ」

毅然《きぜん》とした母の口調に、勘治郎は驚いた。

「思い違いとは、どういう意味ですか」

お定は、信平にも聞いてくださいと言い、勘治郎を立たせ、まるで見えているかのように、濁った眼を息子の顔に向けた。

「わたしを追い出したのは元孝様ではなく、郷田姉弟だ。元孝様が参勤交代で国許におられる時を狙って、お前を産んだばかりのわたしが産後の肥立ちが悪いように見せかけて命を奪おうとして、毒を盛ったんだ。増兵衛がお前と信平様に語った話は、すべて、郷田姉弟の筋書きさ」

勘治郎はお定の腕をつかんだ。

「どうして、父上に訴えなかったのです」

「わたしも馬鹿だったんだよ。元孝様が、目が見えなくなったわたしを疎んじているという噂を真に受けてしまった。あの時は、わたしも若かった。十万石の大名の娘だという気位が先に立って、泣き付いたりはしなかったのさ。それに、この身体に毒を盛られたと分かったのは、屋敷を追い出されたあとだった。あとの祭りというやつさ」

さばけた笑みを浮かべたお定は、真顔になって問う。

「これが真相だ。腹が立つかい」

「煮えくり返っています」

「だったら、この母のためにも、屋敷に帰るんだ。家督を継いで、郷田姉弟を家から追い出して無念を晴らしとくれ」

勘治郎は、しっかりと意志を示す面持ちでうなずいた。

「母上のおっしゃるとおりにいたします」

この言葉を聞いたお定は、安堵したような笑みを浮かべた。

信平が勘治郎の横に来た。勘治郎が頭を下げると、急げ、と言った信平が続ける。

「見張りと思しき者が走り去った。郷田姉弟が刺客のしくじりを知れば、次の手に出る恐れがある」

お定と勘治郎は焦った。

「麿もまいろう」

強い味方を得た勘治郎は、お定に言う。

「必ずお迎えに上がります」

「いいから急ぎな」

背中を押された勘治郎は、屋敷に向かって走った。

七

「あの信平侯に捕らえられただと」

馬を馳せて戻った家来から刺客のしくじりを知った郷田は愕然とした。

「まずい。定がすべて話せば、我らはしまいじゃ」

「慌てずともよい」

肝が据わっている藤はそう言うと、郷田に耳打ちした。

「姉上それは……」

大胆極まりない提案に怖気付《おじけ》く郷田に、藤は厳しい顔をする。

「信平が来る前にやれば、物乞い同然となっている定の証言など、どうとでもなる。わらわにまかせて、お前は門を固めよ。誰も入れてはなりませぬ」

「はは」

立ち去る弟を鋭い目で見送った藤は、そばに控えている侍女に顎で命じる。

心得ている侍女はうなずき、座敷から出ていった。

その侍女が、元孝の寝所に姿を現した。廊下であたりを警戒し、障子を少しだけ開けて中を確かめる。

元孝の側近は郷田が下がらせており、誰もいない。

仰向けの元孝は、目を閉じている。眠っていると見た侍女は忍び込み、枕元で様子をうかがうと、懐剣を抜いた。切っ先を胸に向けて振り上げた時、元孝が目を開けた。

慌てた侍女は、懐剣を胸にめがけて振り下ろした。だが、元孝は手首を受け止める。

「お前は藤の侍女ではないか。何をする。やめよ」

侍女は呻き、のしかかるように力を込めてきた。

切っ先が胸に迫り、寝間着の表面に刺さる。

重い病の元孝には、これを押し上げる力が残っていない。

「慌てずとも、わしは近く死ぬ。藤は何ゆえ、静かに逝かせてくれぬ」

それでも侍女は力を込め、切っ先が胸に到達し、血が浮き出た。

「うう」

呻いた元孝が、無念そうに歯を食いしばった時、廊下の障子が荒々しく開いた。

「何をしているのです！」

声を張り上げたのは靖だ。

「父上！」

「殿！」

靖に手引きされて来ていた勘治郎と増兵衛が、飛び込んでくる。

一瞬の怯《ひる》みを逃さぬ元孝は侍女の手首を捻《ひね》り、横に倒した。

しくじった侍女は、その場で喉を突いて自害するべく切っ先を己に向ける。

「やめい！」

怒鳴った増兵衛が侍女の手首をつかんで手刀で首を打ち、気絶させた。

勘治郎が咳き込む元孝を抱き起こした。胸から血を流している元孝は苦しそうにしつつも、来てくれたことを喜び、笑みを浮かべた。

「しっかりしてください」

「案ずるな。家督を継いだお前をこの目で見るまで、死んでたまるか。それよりも定と、母とは仲ようやっておったのか」

「若、殿には黙っておれず、昨日すべてお話ししました」

ひと月だけ母と暮らすと言って勘治郎が屋敷を出たと聞いた元孝は、安心するいっぽうで、うまく定と打ち解けられるか案じていたのだ。

自ら身を起こした元孝は、目に涙を浮かべて勘治郎を抱いた。初めて感じる父の温もりだった。

「父上」

こうして呼ぶのも、勘治郎は初めてだった。つい先日までは増兵衛を父と思い、元孝を殿と思っていたのだ。

「昭寿丸、長年苦労させた。父を許してくれ」

「お前様の息子は元昌だけです！」

藤が金切り声でそう言いながら入ってきた。郷田と元昌もいる。

元昌は、父に抱かれている勘治郎に嫉妬の目を向け、歯をぎりぎりと鳴らして悔しそうだ。

藤が言う。

「お前様、元昌を世継ぎの座から降ろすおつもりですか」

「黙れ」

元孝は激昂のあまり咳が出た。怒りに満ちた目を藤に向け、指差す。

「よくも、わしを殺そうとしたな。この恩知らずめ」

「元昌を廃そうとするお前様がいけないのです。わたくしを裏切ることは許しませぬ。それでも昭寿丸と仲よくしたいなら、ここではなくあの世でするがいい。せめてもの恩返しに、抱き合ったまま逝かせてさしあげましょう」

「者ども！」

郷田の声に応じて、襷《たすき》がけをした配下たちが来た。

増兵衛が元孝と勘治郎を守って立つ。

「貴様ら、これは謀反《むほん》であるぞ！」

郷田に飼い慣らされた者どもは、まったく動じない。

「殿、お別れでござる」

そう言った郷田が、親子共々殺せと命じた。

一斉に抜刀した配下たちが、元孝と勘治郎に迫る。

大刀《だいとう》を持っていない増兵衛は、脇差を抜いて告げる。

「郷田、貴様が守らせていた門から、我らがどうやって入ったか問わぬのか」

「何……」

「そこまでじゃ」

豪胆な口調で声をかけられた郷田と藤が振り向くと、だらりと首を垂れた家来が目に付いた。その家来の襟首をつかんでいるのは、大男の佐吉だ。手を離すと、家来は倒れた。

佐吉が場を譲り、信平が歩み出る。

信平を初めて目にする藤は、朱色の狩衣を纏った雅《みやび》な姿に得も言われぬ品位と威厳を感じたのか、後ろ暗いことをしていただけに、恐れた顔をした。

「鷹司信平侯が、まさかまことに現れるとは」

狼狽《うろた》える藤を守った郷田が、信平を睨む。

「者ども、こ奴は大名屋敷に忍び込んだ曲者だ。討ち取れ」

「おう！」

配下の者たちは刀の切っ先を信平に向けて、襲いかかってきた。

先頭の者が信平に斬りかかろうとした時、背中に手裏剣が突き刺さった。呻いて倒れる配下の後ろに、鈴蔵が屋根から飛び下り、信平を守って対峙《たいじ》する。

佐吉が右から迫る敵に大太刀を振るって押し返し、一人、また一人と打ち倒す。

信平は左に走り、迫る敵の刀を左手の隠し刀で打ち払って廊下に駆け上がり、増兵衛に斬りかかろうとしていた敵の背中を斬り、勘治郎と元孝を守る立ち位置を取った。

あまりの素早さに、藤と元昌は息を呑んで身を固めている。

いっぽう郷田は、刀を己の眼前で横にすると、鞘《さや》から抜いて右手のみで切っ先を信平に向けた。

左手には鞘を持つ、一風変わった剣術を遣うようだ。

剣気凄まじく、まったく隙がない。

かなりの遣い手と見た信平に、元孝が告げる。

「信平殿気をつけられよ。こ奴は当家随一の強者でござる」

郷田とて、信平の武勇伝を知らぬ者ではない。

「貴様を斬り、我が名を天下に広めてくれる」

言うなり郷田は、一足飛びに間合いを詰めてきた。

片手斬りに打ち下ろされる太刀筋は鋭い。

右に足を運んでかわした信平を追って、郷田が対峙する。その背後で、磁器の壺がすっぱりと斜めに切られて落ちた。

立て続けに突きを繰り出す郷田を誘うように、信平は切っ先をかわしながら庭まで下がる。

目を合わせたまま縁側から庭に飛び下りる信平を追って、郷田も地に足を着け、低く構える。

対する信平は、狐丸をようやく抜き、刀身を真横に寝かせて両手を広げた。

秘剣、鳳凰《ほうおう》の舞の構えを初めて見た郷田は、一瞬の躊躇いもなく向かってくる。

鉄鞘が地面を這うように迫ってきた。これを受け止めれば、刀身を夕日に一閃させ、信平の胸を袈裟《けさ》斬りが襲う。

必殺の技を繰り出した郷田は、信平が鉄鞘を受け止めるのを待っていた。だが、鉄鞘は空振りし、信平が目の前から消えた。

一瞬の技だ。

郷田は、必殺の剣を打ち下ろす前に背後を取られていた。その時に見えたのは、華麗に舞う狩衣の袖だった。それと同時に背中を峰打ちされた衝撃に飛ばされた郷田は、地面に落ちた時には気絶していた。

信平が青みを帯びた眼差しを藤と元昌に向けると、二人は慌てて平伏した。

「刀を捨てよ！」

あるじが降参したのを機に佐吉が大声を張り上げると、配下の者たちは戦意を失い、刀を捨てた。

信平が狐丸を鞘に納め、元孝にうなずく。

それを受け、元孝が勘治郎の肩を借りて立ち上がり、罰をくだした。

「藤、そなたの所業は謀反と同罪じゃ。本来なら打ち首であるが、長年の情に免じて命だけは助けてやる。郷田と元昌と共に、国許の本権寺《ほんごんじ》に幽閉を命じる」

その寺は、元昌と郷田が苦しめてきた村にある。

そんな場所で幽閉されるとなると、死ぬよりも辛い目に遭わされるのは分かり切ったことだ。厳しい沙汰に、藤は元昌と共に泣きわめいて許しを願ったが、元孝は聞く耳を持たなかった。

十日が過ぎた。

元孝は、藤と元昌と郷田が本権寺に送られるのを見届けた翌日に、この世を去っていた。

信平を訪ねてきた勘治郎は、名を元頼《もとより》と改め家督を継いだ報告をする。

「僅か五日でしたが、父と過ごすことができ、悔いはございませぬ。これもひとえに、信平様のお力添えあってのこと。伏して、お礼申し上げます」

「そう改まらずともよい。元頼殿、顔を上げなさい」

「はは」

信平は、精悍《せいかん》さが増した元頼に微笑む。

「増兵衛殿は、息災か」

「おかげさまで。今は、江戸家老として国許へ罪人を送り届ける旅の道中におります る」

これで民も喜び、安寧に暮らすだろうと思った信平は、うなずいた。

善衛門が口を開く。

「差し出がましいことを申しますが、母御はまだ椿長屋におられるとか。森竹家のご当主になったというのに、何ゆえ堂々と迎えに行かれぬのか」

するとと元頼は、困った顔をして首の後ろをなでた。

「実は迎えに行ったのですが、椿長屋の住み心地がいいと言われ、屋敷に入るのを断られたのです」

「なんと」

善衛門は驚き、信平を見てきた。

「殿はご存じでしたのか」

「いや、今初めて聞いた」

「孝行息子と暮らすよりも椿長屋がよいとは、嬉しいような気もするが、変わったお人でござるな」

そう言った善衛門は、首をかしげるのだった。

「町の暮らしが長いせいか、気楽でよいと言われました」

「なるほど」

納得する善衛門は、気が変わるかもしれぬ、長い目で見るがよいですぞと言い、元頼はうなずいていた。

そこへ、佐吉がのっそりとした様子で顔を出した。元頼が来ていたので驚いたようだが、あいさつもそこそこに、信平の前に座ると、こう切り出した。

「丁度よかった。元頼殿、先ほど椿長屋に様子を見に行ったのだが、ご存じか」

「母のことですか」

「うむ」

「何かありましたか」

「知らんのか」

「何をです」

佐吉は、世の中は分からんものだ、と前置きして告げる。

「お母上とあの徳安が、今日から一緒に暮らしはじめた」

「えっ」

思わず腰を浮かせるほど驚いた元頼だったが、信平に笑って言う。

「母上、いえ、お定さんらしいですね」

元頼は、母親が楽しく生きられるなら、それが一番いいのだろう。

そう察した信平はうなずき、お定が徳安や椿長屋の連中たちと、仲よく笑い合う姿を思い浮かべるのだった。

第三話　闇夜の遠州《えんしゅう》

一

この日、五味正三はお初の味噌汁を飲みに来るついでに、信平に頼みたいことがあったのだが、

「何がついでじゃ！」

葉山善衛門に怒鳴られ、

「殿は本日、鷹司町に大事な用で出かけておられるわい」

門前払いを食らいそうになったが、いつもの明るい調子であしらい、ちゃっかり味噌汁だけは堪能して信平のあとを追っていた。

美しい夕日を眺めながら坂道をくだっていると、畑と道のあいだにある地蔵堂の軒

下でうずくまっている男女がいた。

旅装束の二人は、女のほうが具合が悪くなったらしく、男が背中をさすってやっている。

五味は放っておけず駆け寄る。

「おいどうした」

振り向いた男は二十代だろうか。淡い青の小袖に黒染めの紋付きを羽織り、灰色の袴《はかま》を穿《は》いている五味の出《い》で立《た》ちを見た男は、不安なのか、迷惑なのか判別できないなんともいえぬ表情で立ち上がった。

「具合が悪いのか」

うずくまって苦しそうな女を気にする五味に、男は女を隠すように立ち位置を変えて答えた。

「歩きすぎて疲れただけですから、ご心配なく」

北町奉行所与力の五味は、こういう場合、ああそうですかと聞き流す男ではない。

「どこへ行く」

すると男は、目を伏せ気味に答える。

「江戸に仕事を求めて来たばかりで、旅籠を探していたところです」

「この先は武家屋敷しかない。旅籠なら、いいのを知っているから付いてきなさい。すぐそこだが、歩けるか」

男は安堵した様子で女に振り向く。

「雅代《まさよ》、立てるか」

うなずいた雅代は、男の手を借りて立ち上がり、五味に頭を下げた。

「顔色が優れぬが、どこが悪い」

問う五味に、雅代は首を横に振る。

「お腹《なか》が……」

よく聞き取れなかった五味が問い返すと、男が苦笑いをした。

「昨日から何も食べていないのです」

よく見れば着物がだぶつくほど痩せているため、五味は心配した。

「腹が減っているのか」

女はこくりとうなずく。

いっぽうの男はがっしりとした体格をしているだけに、五味は、この二人はわけありだな、と与力の勘を働かせた。

歩きながら男に問う。

「おぬしたちは夫婦《めおと》なのか」

「いえ、兄妹《きょうだい》です」

「そうか。おれは北町奉行所与力の五味という者だ。おぬしは見たところ武家のようだが、仕事を探しに来たというと、浪人なのか」

「はい。申し遅れました。松矢《まつや》重之介《しげのすけ》と申します」

「どこから来た」

「遠州の掛川《かけがわ》です」

「国許では何をして暮らしていた」

「芝居小屋で、斬られ役をしていました」

五味は驚いた。浪人者が役者になった話は江戸でも珍しくはないが、武士の気位が先に立ち、斬るほうの役ばかりをやりたがる者しか知らないからだ。

「おれの見聞が狭いのかもしれないが、斬られ役ばかりしている浪人を知らんから、座長は喜ぶかもしれないな。よければ紹介するぞ」

「いえ、芝居はもう……」

いやになったのだろう。

そう思った五味は、重之介が悪い男には見えず、安心して鷹司町へ案内した。

「ここは、町なのですか」

表門から入ろうとする五味に、重之介は戸惑いを隠さない。

五味は笑った。

「そう思うよな。元は確かに下月《しもづき》家の下屋敷《しもやしき》だったのだ。まあ、入ってみなさい」

立派な武家屋敷の門を見上げながら中に入った兄妹は、大勢の町人が行き交い、にぎやかな通りを見て顔を見合わせた。

「そこが旅籠だ」

五味は二人を促して、休楽庵の暖簾《のれん》を潜った。

「おや、五味様」

笑顔で出迎えた番頭の為五郎《ためごろう》が言う。

「丁度今、信平様と江島様がいらっしゃっております」

女将の久恵《ひさえ》をまじえて、町をもっと暮らしやすくする話をしている最中だという。

「おれも信平殿に用があって来たのだが、その前に、部屋は空いているか。この二人が宿を探していたから連れてきたのだ」

「ご紹介いただきありがとうございます。大丈夫です。部屋はありますから、どうぞ草鞋をお脱ぎください」

番頭は控えている仲居を手招きする。

心得ている仲居は、草鞋を脱いだ兄妹の足を拭いてやり、客間に案内した。

「ゆっくり休みなさいよ」

声をかけた五味は、頭を下げる二人を見送り、番頭に言う。

「信平殿のところへ案内してくれ」

「かしこまりました。こちらです」

信平と佐吉は、奥の広間にいた。

蒸し暑い季節に合わせて空色の狩衣を纏う信平の、なんとも爽やかなことか。

それにくらべて、大男の佐吉は戦国武将のような風格がある。

笑顔で迎える久恵を見ると、難しい話ではなかったようだ。

そこで五味は、かしこまって切り出す。

「お話し中邪魔をしますぞ」

信平は案じる面持ちで応じる。

「珍しく表情が硬いが、いかがした」

「例の、江戸の民を恐れさせている押し込み強盗のことです」

「また出たのか」

厳しい顔で問う信平に、五味はうなずく。

「京橋《きょうばし》の大店《おおだな》が押し込まれ、あるじ一家と奉公人が皆殺しにされたのが、今朝になって分かりました。御老中にお叱りを受けた御奉行は頭を抱えておられるのですが、此度も手がかりがひとつもなく、どうにも行き詰まっておるのです。そこで信平殿」

五味は四つん這いになって近づき、頭を下げた。

「このとおり、知恵を貸してくれませんか」

「水臭い真似はよせ」

信平に言われて顔を上げた五味は、安堵の息を吐く。

「ああよかった。信平殿が助けてくれるなら、もう盗賊どもを捕らえたも同じですな」

「おいおい」

呆《あき》れる信平に、五味はにこりと笑う。

そこへ、番頭の為五郎が茶を持ってきた。久恵が受け取り、信平の前に置きながら、五味に問う。

「盗賊は大店ばかりを狙うと聞いていますが、ほんとうに、皆殺しにするのですか」

五味はうなずく。

「先日は、乳飲み子まで殺されていた」

久恵が気の毒そうな顔をした。

「可哀《かわい》そうに。血も涙もない人たちが同じ空の下にいると思うと、ぞっとします。一刻も早く捕まえてくださいな」

「今夜は月が出てくれそうだから、賊は潜んでいるだろうな」

「月があると出ないんですか」

「うむ。奴らは暗闇の夜だけ動くため、見回りをする側は遠くが見えないから厄介なのだ。信平殿、どうすればいいと思います？」

信平は湯呑みを置き、五味と目を合わせた。

「一口に大店といえども、江戸には数多ある。賊がどの程度の店を的に定めているか、つかんでいるのか」

「これまで狙われたのは大名の御用達《ごようたし》ばかりでしたから、特に目を光らせていたところ、昨日は御用達でない店をやられました」

「つかみどころがないか」

「まったくもって」

考える顔をした信平は、佐吉の屋敷に戻ろうと言い、続けて久恵に言う。

「話の続きは、また後日」

「はい」

「夜中は町の門を閉ざすが、賊は塀を越えてくる恐れがあるゆえ、くれぐれも気をつけるのだぞ」

「かしこまりました」

立ち上がる信平に続いた五味は、久恵にも一声かけた。

「行き倒れていた兄妹を連れてきて番頭に預けたが、悪人には思えぬから安心して泊めてやってくれ」

「承知しました」

「ただし、妹のほうがやけに痩せているから、そこが気にはなる」

久恵は笑みを消した。

「何か、ご心配ごとでも」

「重い病か、あるいは、苦労を重ねる何かがあるような気がしてな。兄妹の仲はよさそうだから、おれの考えすぎかもしれんが」

久恵は、数多の客を相手にしているだけに動じない。

「分かりました。おまかせください」

笑顔で応じる久恵に笑みを返した五味は、信平と佐吉の屋敷に向かった。

二

「なあ雅代、この町をどう思う」

朝起きたばかりの雅代が、だるそうに身を起こそうとするので、重之介は身体を支えてやった。

水を湯呑みに入れて差し出すと、雅代は一杯飲み、一息ついた。

「気分はどうだ」

「昨夜女将さんが出してくれた丸薬のおかげで、ずいぶん楽になりました」

「よかった。力が出るとおっしゃっていたが、ほんとうだったようだな。顔色もいい」

雅代は微笑み、口を開く。

「兄上は、どう思っているのです」

「気に入った」

「わたしも、同じことを考えていました。ここならば、落ち着ける気がします」

「何より、表門がいい。昨日、お前が眠っているあいだに見て回ったのだが、夜になるとあの大扉が閉まるから、まるで武家屋敷そのものだ。賊はまず、入ってこられない」

「では、兄上のお考えに従います」

「うむ。ではさっそく、女将に頼んでみよう」

身支度をした重之介は、部屋から出た。

帳場に行くと、久恵が客を送り出しているところだった。

中に戻るのを待って、声をかける。

「女将さん、よろしいか」

「おはようございます。妹さんはいかがですか」

笑顔で近づく久恵に、重之介は改めて礼を言うと、切り出した。

「わたしたちは行くあてもなく、ただ江戸で暮らしたいと思い田舎から出てきたのだが、この町で部屋を借りられないだろうか」

「そうですねぇ……」

逡巡《しゅんじゅん》する様子を見て、重之介が問う。

「やはり、素性が分からぬ者に貸す家主はおらぬか」

「そうではないんです。思い当たる長屋があるのですが、折悪く今、盗賊騒ぎが起きていますから、長逗留されるお客さんや、借家を探すお方がいらっしゃったら代官所に知らせるよう、昨日言われたばかりなんです」

「お代官の許しが出れば、部屋はあるのか」

「ございます」

「では、お代官に頼んでもらえないだろうか」

「お安いご用です。丁度今、朝餉を食べに来てらっしゃいますから、一緒に行きましょう」

「ありがたい」

重之介は久恵に付いて廊下を奥へ行き、食事処《どころ》の暖簾を潜った。

宿泊客以外の者に料理を食べさせる広間には、大きな身体をした男と、小者らしき男が向き合って座り、箸を動かしている。

女将はその二人のところに案内すると、重之介を紹介した。

「江島様、こちらの松矢重之介様が、町に住みたいとおっしゃっています」

「おお、五味殿から聞いておるぞ」

箸を置いた佐吉に、久恵が言う。

「勘治郎様がお暮らしだった部屋が空いていますが、いかがでしょう」

「その前に、調べさせてもらうぞ。旅をしてきたというが、手形は持っているか」

「ございます」

重之介は、肌身離さず持っている手形を懐から出した。

手に取って確かめた佐吉は、返しながら問う。

「国許では、役者をしていたそうだな」

「はい。父親も生まれながらの浪人でございましたが、母と共に病で他界し、今は妹の雅代と二人だけになりました」

「江戸に来たわけは」

「江戸のような大きな町で、暮らしてみたいと思いまして」

「それならば、御城下のほうが人は多いぞ」

「田舎者ですから、少し離れた町がよいのです」

久恵が言う。

「遠くからお越しのお客さんの中には、そうおっしゃるお方がおられます」

重之介は笑みを浮かべる。

「日本橋や京橋を通りましたが、人が多すぎて目が回りました。あのような町で暮らすのは、わたしたちには無理です」

この言葉が、厳しかった佐吉の表情を明るくした。

「住人が増えるのはいいことだ。仕事はどうする」

「しばらくは食べていけますから、早めに探します」

「いらっしゃいませ」

久恵が戸口に向かってそう言うのにつられた重之介が顔を向けると、空色の狩衣姿が目に入った。

「殿、今戻ります」

佐吉がそう言うので驚いた重之介は、平伏する。

「楽に」

優しい声に安堵した重之介が頭を上げると、佐吉が言う。

「この者は、五味殿が申されていた松矢重之介です。町で暮らしたいそうですから、椿長屋に移らせようと思います」

「ふむ」

重之介はふたたび頭を下げた。

「お許しいただき、かたじけのうございまする」

信平はうなずき、佐吉と鈴蔵に言う。

「昨夜は五味と夜回りをしておった。ちと話があるゆえ、あとで赤坂に来てくれ」

「今よりお供をいたします」

「よい。兄妹のことを先にしてやれ」

「おそれいりまする」

恐縮する重之介に微笑んだ信平は、先に帰っていった。

「なんともお優しく、雅なお人か」

重之介は、世の中にはあのような殿様がいるのかと、感嘆の声をあげるのだった。

嬉しそうにした佐吉は、座りなおして言う。

「殿のお許しが出たゆえ、家主には話を通しておく。女将、椿長屋に案内してやってくれ」

「承知しました。では朝餉を召し上がったあとで、ご案内しますね」

「助かりました」

安堵した重之介は、改めて佐吉に頭を下げた。

雅代は喜び、食が進んだようだ。

出された食事を残さず食べるのを見て、重之介は目を細める。

「どのような部屋か、楽しみだな」

兄妹で新しい生活に夢を膨らませ、久恵の案内で椿長屋に行った。

思っていたより建物は古かったが、路地はちりひとつ落ちておらず、住人たちの表情は明るく、特に隣に暮らす徳安とお定は、

「うちに来る客たちがうるさいだろう」

翌日にはこう言って、行列で騒がしくするお詫びだと気をつかい、雅代の按摩をただでしてくれた。

お定は目が見えないというので、重之介は安心して身体を診てもらうようお願いしたところ、雅代の按摩を終えたお定が、表情を険しくしている。

「何かありますか」

問う重之介に、お定は濁った眼《まなこ》を向けてきた。見えない目で、何かを確かめようとする眼差しに、重之介は思わずうつむく。

「雅代ちゃんは、苦労していたようだね」

そう言われて、雅代は顔を歪めたかと思うと、両手で顔を覆って声を殺した。

「この町は、領主様がいいから、みんな幸せになれるんだ。もう安心おし」

我が子をなだめるように、雅代の頭をなでるお定を見て、重之介は唇を噛みしめた。

「今日は、お世話になりました」

帰るお定を部屋まで送った重之介に、振り向いたお定は言う。

「何があったか知らないけど、妹を泣かせたらあたしが承知しないよ」

杖でつつかれた重之介は、人情に触れて胸が熱くなった。

「二度と辛い思いをさせないために、江戸に来たのです」

「その言葉、忘れるんじゃないよ。こっちのほうも達者のようだから、守ってやりな」

身体を触っただけで、何があったのか分かるのだろうか。お定は刀を振る真似をしてそう言った。

お定は、目となるため繋いだ左手の剣だこに触れてそう言っているに違いなかった。

「改めて、お世話になります」

頭を下げる重之介にうなずいたお定は、ようやく笑みを浮かべた。

佐吉が様子を見に来たのは、三日後だった。

「落ち着いたか」

たかが長屋の住人を気にかけてくれる代官を知らない重之介は、お定が言った意味が分かった気がした。

「おかげさまで、落ち着きました」

招き入れて茶を出すと、佐吉は窮屈そうに上がり框に腰かけ、妹に言う。

「顔色がよくなったな。そなたは、何か得意なことがあるか」

雅代は確かめるような顔を重之介に向けてきた。正直にお話しするよう目顔でうなずくと、雅代は佐吉に答える。

「裁縫と、書が得意です」

「おおそうか、では、働けるようになったら近所の子供に書を教えてはどうか」

「願ってもないことにございますが、わたしのような者でよろしいのでしょうか」

「自分をそのように言うものではない。殿は、この町に暮らす子は身分に隔たりなく読み書きができるよう願われておるゆえ、手当ては代官所から出るぞ」

場所は代官所で、一日に二刻（約四時間）働くだけで、月の手当てが一両も出ると言われて、雅代は表情を明るくした。

「是非とも、お願い申します」

「やってくれるか。では、しっかり養生をして、早く元気になってくれ」

喜んだ佐吉は、続いて重之介に言う。

「そなたは浪人だと申したが、仕官は望まぬのか」

「はい。刀も押し入れにしまったままにしております。明日から、米屋の荷運びの仕事をさせていただくことになりました」

「なんだもう決めたのか」

「折よく人を募っておられましたから」

佐吉はうなずき、茶を飲み干した。

「食《く》い扶持《ぶち》が決まったのなら、安心だな。邪魔をした」

「わたしのような者を気にかけてくださり、かたじけのうございます」

「そう遠慮するな。ついでだ」

豪快に笑って帰る佐吉を見送った重之介は、妹に微笑む。

「得意の書を活《い》かせてよかったな」

「はい。楽しみです」

明るい笑みを浮かべる雅代を見て、重之介は安心するのだった。

三

信平は、今日も訪ねてきた五味と膝を突き合わせ、町の様子を聞いて胸を痛めていた。

名のある大店で、本拠が大名の城下町にある者は盗賊を恐れるあまり、江戸の店を閉めてしまったところがいくつかあるというのだ。

「このままでは人が出るばかりだと、御奉行は城でこっぴどく責められたようで、胃の腑の痛みが激しくなり、とうとう寝込んでしまわれました」

信平が真顔でうなずく横で、善衛門が口をむにむにとやる。

「御先手組《おさきてぐみ》だけではのうて、大名にも見回りが命じられたというのに、賊の影さえ見えぬのか」

「まったくもって」

肩を落とし、ため息まじりに答える五味は、珍しく目の下にくまを浮かべている。

そこへ、お初と鍬が入ってきた。

鍬が信平と善衛門に茶菓を出し、五味には、お初がにぎり飯と味噌汁を出してやった。


「や、これはありがたい」

目を輝かせた五味が、お初に笑顔で言う。

「やはりお初殿とそれがしは、こころが繫がっておりますな。何も言わなくても、こうして出していただけるなんて」

「今朝から何も食べておらぬと言うておったではないか」

善衛門がそう言っても、剱と下がるお初を見つめる五味の耳には届いていない。

「いただきます」

合掌し、具がたくさん入った味噌汁の味を喜ぶ五味に、善衛門が言う。

「力が出たか」

「出ました」

「では、早《はよ》う探索に戻れ」

「まだ一口ではないですか」

五味が笑っていると、剱が戻ってきた。

「殿、江島様が戻られました」

「ふむ」

劔の後ろから姿を見せた佐吉が、五味の隣に座して頭を下げ、重之介兄妹の暮らしぶりを報告した。

共に聞いていた五味が、口を挟む。

「近頃江戸は、重之介と雅代のような若者が増えてきておりますな。江戸に出てくれば、どうにかなると思っている者が多いのです。実際、商売をうまく広げている者もいますが、それはほんのひとにぎりで、大半の者は、重之介のようにその日食えるだけの手当てを得て暮らしておりますぞ」

善衛門が心配そうに言う。

「暮らしに困窮した若者が、盗っ人に身を落としてはおるまいな」

五味は首を横に振った。

「それがしもそう思っていたのですが、若者たちは町に馴染んで、江戸の暮らしを楽しんでいるのですよ」

若者たちについては楽観している五味は、重之介兄妹も他の若者と同じだと思っているようだが、信平は違う見方をしていた。

「麿は松矢重之介を初めて見た時、胸の中に、底知れぬ苦悩があるような気がしたのだが、杞憂《きゆう》でよかった。引き続き、気にかけてやるように」

承知する佐吉の横で、五味が不思議そうな顔をした。

「今のお言葉は気になりますな。ひょっとして信平殿は、あの兄妹が押し込み強盗の一味だと疑っていたのですか」

「そうではない。ただ、初見でふと感じたまでのことじゃ」

「信平殿の直感は鋭いですからな。賊でないにしろ、底知れぬ苦悩があるのでは？　妹がやけに痩せておりましたし」

佐吉が五味に言う。

「重い病ではないかと心配しておりましたが、今は食も進み、こけていた頬もふっくらとしておりますぞ」

「ああそう。ならば信平殿のおっしゃるとおり、杞憂ですな」

「おい五味」

善衛門が言う。

「いつまでもここで油を売っておらずに、早う探索に戻れ」

「へえい」

下唇を出した五味は、不承不承に折敷を手に立ち上がり、お初に礼を言ってから帰ると告げて台所に下がった。

信平は佐吉に言う。

「町の中に、怪しい者は入っておらぬか」

「今のところ。今朝も町の世話役を集めて、外から来る者には気を配るよう申しつけました」

信平はうなずく。

「皆で一丸となれば、賊も入ってはこまい」

善衛門が同意する。

「今思えば、武家屋敷の囲いを残しておいてようございましたな」

佐吉が重々しく告げた。

「しかしながら油断は禁物ですぞ。同じような武家屋敷跡の町では、すぐ目の前の隣町に行くためにいちいち門を出るのが面倒だと、こっそり抜け穴を掘った者がいたと聞きましたからな」

「なんじゃと」

驚いた善衛門に、佐吉が先回りをして言う。

「ご安心を。調べたところ、鷹司町にはそのような抜け穴はありませんでした」

「それを先に言わぬか」

善衛門が神経を尖《とが》らせるのは、賊が密《ひそ》かに紛れ込むのを恐れるからだ。信平の町と知る賊が、御上《おかみ》の目が向けられにくいとみて根城にするのを案じているのだ。

佐吉は、信平に言う。

「抜かりなきよう、目を光らせまする」

「頼む」

信平は、信頼する佐吉を送り出したあと、鈴を従えて見回りに出かけた。

四

梅雨時が近くなると、重之介は米屋から暇を出された。どうやら毎年のことらしく、新米が入るようになる秋までのあいだは荷が減り、蔵に納めている米や雑穀で商売をするという。

特に今年は、去年の不作のせいで米が入ってこないらしく、早めに暇を出さざるをえないのだ。

「また秋には、お願いしますよ。少しだけで申しわけないが、気持ちを足しておきましたから」

　こちらが恐縮するほど気をつかってくれるあるじの人情が嬉しくて、重之介は秋を楽しみにしていると言い、米屋をあとにした。

「さて困った」

　長屋に戻り、給金を手の平に載せた第一声だ。ひと月は食えるが、その先はどうなることやら。

　雅代はまだ身体の調子が出ず、横になる日が多い。今の体調では、子供に読み書きを教える仕事は責任が持てないと言って断っている。

　生薬や、精が付く物を食べさせてやりたいが、次の仕事が決まるまでは出費を抑えなくてはならない。

　重之介はすぐに動いた。来る日も来る日も仕事を探し歩いたが、住人が二千三百を少し超える程度の小さな町の中では、なかなか見つからなかった。

　町中を歩き尽くしても、自慢の身体を活かせる仕事はすべて断られてしまった。若くて見た目がいいと言われ、客を相手にする商家の仕事をすすめられたが、それだけは避けなければいけなかった。

　あきらめた重之介は、椿長屋に帰っていた。

途中で、妹のために甘い菓子を求めようとしたのだが、懐具合を考えると贅沢《ぜいたく》はできない。菓子も買えぬ情けなさに背中を丸めて帰っていると、野太い声が背後から聞こえた。

自分の名を呼ばれて足を止めた重之介が気を張って振り向くと、先ほどの菓子屋の戸口から身をかがめて出てきたのは佐吉だった。ほっと胸をなで下ろした。

「お代官様」

駆け戻ると、佐吉が微笑む。

「代官様はよせ、江島でいい」

「はい」

「菓子を買おうとしたのではないのか」

「妹にと思ったのですが、米屋から暇を出されてしまいましたもので、次の仕事が決まるまでは我慢です」

「それは難儀だな。おぬし剣の流派はなんだ」

唐突な質問に、重之介は返答に迷った。

佐吉が真剣な顔で言う。

「というのもな、殿が鷹司町に剣術道場を作りたいとお考えなのだが、これといった師範がおらぬのだ」

　こころが揺れ動いたが、やはり人目に付きやすいと思った重之介は、言葉を選んだ。

「せっかくのお話ではございますが、芝居では常に斬られ役をさせられるほど、剣にはまったく自信がないのでございます」

　苦笑いを浮かべて見せると、佐吉は首をかしげる。

「殿の見立てが外れるとは思えぬが」

「えっ」

　驚く重之介に、佐吉は大真面目に答える。

「休楽庵でおぬしを見たあとで、殿はおぬしのことを、剣技に優れた者だとおっしゃったのだ」

「嬉しいお言葉ではございますが、役者として身に染み付いた振る舞いが、信平様を惑わせてしまったのでしょう」

「そうか。それは残念だ」

「では」

　頭を下げて帰ろうとするも、佐吉がなお言う。

「仕事が見つからぬなら、下働きでよければわしが雇うぞ」

代官屋敷の下働きならば、人目に付くことはない。

「願ってもないことにございます。是非とも、お願い申し上げます」

「では明日から来るがよいぞ」

「はは」

頭を下げて佐吉を見送った重之介は、店に戻って菓子を求め、隣の青物屋で長芋と卵を手に入れて椿長屋に帰った。

「雅代、喜べ、代官所で下働きが決まった」

帰るなりそう言った重之介は、身を起こす雅代に饅頭を渡した。

「これを食べていてくれ。とろろ芋と卵のかけ飯を作るからな」

雅代は立ち上がった。

「今日は、わたしがやります」

「無理をするな」

「ううん、気分がいいから、やらせて」

嬉しそうな雅代を見て、重之介は安堵するのだった。

飯が炊けるあいだに二人で饅頭を食べ、夕餉はとろろ芋と卵のかけ飯で精を付けた。

「そろそろ、わたしも働こうかしら」

「そう急ぐことはない。暑い夏が終わる頃でいいだろう」

「でも……」

「金なら心配ない。下働きといっても代官所だ。二人が食うくらいはいただけるはずだ」

明日のために、早めに眠った重之介は、早起きをして、まだ朝靄が残るうちから代官所へ入った。

佐吉はまず、妻子を紹介してくれた。

国代《くによ》は明るくて優しく、長男の仙太郎《せんたろう》は、佐吉に似て背が高い。横幅は若者らしくほっそりしているが、袖から見える腕はたくましく、首も太い。

「若様は、お強いのでしょうね」

笑顔でよろしく、と言われた重之介は、つい、そういう言葉が出た。

すると仙太郎は、首を横に振る。

「わたしなどはまだまだです。せめて父に勝てるようになりたいのですが」

「おい仙太郎、せめてとはなんじゃ」

げんこつを振り上げる佐吉と、笑って下がる仙太郎を見て、重之介はこころが温かくなるのだった。

続いて佐吉は、控えている下男と下女を紹介してくれた。

「藤助《とうすけ》、香奈《かな》、今日から働いてもらう重之介だ」

二人の若者は、年上の重之介に笑顔で接し、藤助は仕事を教えてくれた。

代官の佐吉は多忙だ。毎日町で起きる小事に、いちいち振り回される。

重之介は代官の仕事には一切関わらず、藤助と分担して薪割りや庭の掃除などをこなし、主に母屋の外周りの仕事に励んだ。

国代は自ら台所に立ち、香奈と二人で皆の食事を作った。

重之介は水汲みなどを手伝いながら、国代に訊かれるまま身の上話をしたのだが、妹のことについては、あまり多くは語らなかった。

そうして何日かが過ぎ去り、仕事にも慣れた頃、ちょっとした騒ぎがあった。

重之介が母屋の表庭の掃き掃除をしている時、若い母親が助けを求めてきたのだ。

「江島様、うちの清坊《せいぼう》が、清太《せいた》が目を離した隙にいなくなりました。あの人に攫《さら》われたんじゃないかと思うと、恐ろしくて」

泣き崩れる母親を前に、佐吉は大きな身体を丸めて狼狽えた。

「それはないはずだ。前と同じように、町の外を見たくて出たのではないのか。そもそも、あれほど目を離すなと言うたであろう」

「菜物を選んでいたほんの少しのあいだにいなくなったのです。どこを捜しても見つからなくて……」

泣き崩れる母親に駆け寄った佐吉は、すぐに見つけると声をかけ、箒《ほうき》を持って見ていた重之介に顔を向けた。

「重之介、おぬしも捜してくれ」

重之介は箒を置いて駆け寄る。

「わたしは清坊の顔を知りません。母様、着物と帯の色を教えてくれますか」

「紺の着物に黄色い帯を締めています」

「五歳だ」

付け足す佐吉にうなずいた重之介は、空を見上げた。

「今日は暑いですが、いなくなってどれほど経ちますか」

「二刻……」

母親にそう言われて、皆心配する。

急ぎ代官所を出た重之介に、鈴蔵が言う。

「町の外に出たかもしれない。前にも、小魚を追って川に入るところを運よく通りがかった者に助けられたのだ」

「まずいですね」

「行こう」

町から出るのは気が引けたが、躊躇っている暇はない。

鈴蔵に付いて表門を出た重之介は、町の近くを流れる小川に走った。

鈴蔵は川下へ、重之介は川上へ行くことになり、川土手の道を急いだ。見渡す限り、子供の姿はない。

五歳の足は、大人が驚くほど遠くまで行くことがある。まして好奇心旺盛な男児ともなると、油断はできない。

四半刻（約三十分）川上に歩いた。すると、鈴蔵が言ったとおり、男児が川に膝まで浸《つ》かり、魚を追いかけていた。その先は淀《よど》みで、深そうだ。

「だめだ、戻れ！」

大声を張り上げながら走った重之介だったが、魚に夢中の清太はこちらを見もしない。

恐れていたことになった。清太が川底の石に足を滑らせて転んだのだ。濡《ぬ》れた着物が流れに持っていかれ、仰向けになってもがいている。

水しぶきを飛ばして浅瀬を走った重之介は、水面から沈み込んだ清太めがけて飛び込み、指先に当たった着物をつかみ取った。

流れに持っていかれそうになりながら、しっかり立てるところまで泳いで抱き上げるも、清太は息をしていない。

「おい、息をしろ！」

背中をたたきながら岸へ上がろうとした時、清太は水を吐き出して苦しそうに息をしたかと思うと、火が付いたように泣きはじめた。

「もう大丈夫だぞ。安心して、ゆっくり息をするんだ」

顔の水を手で拭ってやり、背中をさすってやっても、よほど怖い目に遭った清太は泣きやまなかった。

土手の道に上がった時、

「清坊！」

叫んだ母親が転びそうになりながら足を運んでくると、泣く我が子を抱いてその場にへたり込んだ。

「あれほどいけないと言ったのに、どうして黙って出るのよ！」

泣きながら叱る母に驚いたような顔をした清太は、何を言っているのか分からない言葉を発して、母親に抱き付いて甘えた。

「目を離すとは何ごとだ！」

重之介は思わず、大声を出してしまった。それほどに、息をしていない清太を見た時には焦ったのだ。

泣いてあやまる母親に、重之介は肩をつかんだ。

「命が助かってよかった。よかった」

急に足から力が抜けた重之介は、母親の横に並んで尻餅をつき、大きな息を吐いた。

「ありがとう」

清太の声に顔を向けた重之介は、べそをかいている頬をつまんだ。

「もうひとりで川に来ないな」

清太はこくりとうなずいた。

「よしいい子だ。おっかさんを泣かせるんじゃないぞ」

「はい」

力なく返事をする清太に笑って見せた重之介は、手を貸して母親を立たせてやり、三人で帰った。

その様子を、川端にある松の大木に身を隠して見ている一人の男がいる。

口元に卑猥《ひわい》な笑みを浮かべた男は、編《あ》み笠《がさ》で顔を隠して三人の跡をつけはじめた。

門まで戻った重之介は、騒ぎを知っていた門番に声をかけられ、母子《おやこ》をこのまま家に送るので、佐吉に知らせてくれるよう頼んだ。

快諾した門番が立ち去るのを見ていた曲者は、人が行き交う鷹司町の門から、三人の跡をつけて堂々と入った。

五

途中から清太をおんぶしていた重之介が、母親に付いて送っていくと、家は一軒家だった。

帰る途中で、おのうと名乗っていた母親が、表の戸を開けて言う。

「着替えを出しますから、そのまま上がってください」

「わたしは大丈夫だ。それより江島様のご家来がまだ捜していなさるから、見つかったことを知らせに行く」

清太を降ろして行こうとした重之介だったが、おのうに袖をつかまれた。先ほどとは違い、恐れたような顔をしている。

「助けてください」

「いったいどうしたんだ」

「さっきそこで、跡をつけてくる男を見たんです。編み笠で顔を隠していましたが、あれはきっと、別れた夫に違いありません」

袖をつかむ手が震えているのを見た重之介は、戸口から路地に戻って確かめた。だが、こちらをうかがう人影はない。

「お願いです、もう少しだけ一緒にいてください」

袖を離そうとしないおのうの恐れ方は尋常ではない。

「分かった。中に入ろう」

重之介は清太を抱いて、家に上がった。

おのうが出してきた着替えは、夫のために用意していた新しい小袖だという。生地は上等で、袖を通すと肌触りがいい。何より麻のため、これからの季節にもってこいだ。

「うちには必要ありませんから、そのままお使いください。これは、お礼です」

いつの間に用意したのか、小判だと思われる白い紙の包みを置いた。

「礼はいい。代官所に務める者として当然のことをしたのだから」

押し返したが、おのうは無理やり重之介の懐に入れた。

「お願いです。あの人から守ってください」

そう言われて、重之介は拒む手を止めた。

「別れた夫は、根に持っているのか」

おのうはうなずいた。

聞けば、気に入らないことがあれば暴力を振るわれ、夫婦でいた時は地獄の日々だったという。

町の領主が信平に代わり、代官となった佐吉に訴えたことで罰を恐れた夫は自分から出ていったが、半年が過ぎた今になって、仕返ししに来たに違いないというのだ。

「それは、辛かったな」

親身になる重之介は立ち上がった。

「二階から外を見ていいか」

「はいどうぞ」

段梯子を使って上がり、襖《ふすま》を開けた。箪笥《たんす》がひとつだけ置かれた六畳間の外障子を開けて外の様子をうかがうも、それらしい人影はない。

下りて外に出た重之介は、家の周囲を確かめた。だが、おのうが言う男はいなかった。

戻った重之介に、おのうは不安そうな顔をする。

「誰もいないが、ああいう手合いは油断ができない。今から代官所に行って匿《かくま》ってもらおう」

「そんな、おそれ多いです」

「遠慮はしないほうがいい」

「いないなら、もう大丈夫だと思います。戸締まりもしっかりしますから」

おのうはそう言うが、重之介は心配だった。言っても聞かないので、仕方なく代官所に帰ったのだが、どうにも仕事が手に付かず、裏庭から佐吉の部屋に急いだ。

「江島様、お耳に入れたいことがございます」

戻った鈴蔵と話をしていた佐吉が廊下に出てきた。

重之介がおのうの心配を口にすると、佐吉は険しい顔でうなずいた。

「家から追い出すつもりでしょうか」

「それは違う。逆だ」

「では、あの家はおのうさんの」

「うむ。おのうは一人娘でな、家は亡くなった両親がおのうのために手に入れてやったものだ。他にも、麻布《あざぶ》に長屋をいくつか持っておるので暮らしには困らないが、悪い男にひっかかり、親が残した蓄えのほとんどを賭けごとに注ぎ込まれてしまったのだ。挙げ句の果てに暴力を振るわれて傷が絶えぬので、見かねて助けたところ、夫は有り金を持って出ていきおった。戻ってはこまいと思っていたが、金が尽きて、何もなかったように亭主面をするつもりに違いない」

一住人のことを本気で心配する佐吉を見て、重之介は、いい代官の下で暮らす者は幸せだと、しみじみと思うのだった。

佐吉が言う。

「重之介、わしは忙しいので目が届かぬ。代わりに用心してやってくれぬか」

椿長屋にも近いため、重之介は快諾した。

「受けてくれるなら、これを持ってゆけ」

渡されたのは、六尺棒だ。

「夫の名は藤太郎《とうたろう》だ。色白の狐のような顔をしておるから、見かけたら構わん、代官所の役人として捕らえよ」

夫婦でも、親が残した金を勝手に持ち出したのは盗っ人と同じだと言われて納得した重之介は、おのうのために見回りに出た。

六尺棒を手に町を歩くと人が見てきたが、おのうを助けたいと思う重之介の気持ちは揺るがなかった。

佐吉から教えられた人相の男がいないか目を光らせながら、おのうの家の周囲を注意深く見回った。日が暮れるまで歩いたが、藤太郎の姿はどこにもなかった。

そこで重之介はおのうを訪ねた。

六尺棒を手にしている姿におのうは瞠目《どうもく》し、見回ってくれたことを喜び感謝した。

「これも役目だから気にするな。子細は江島様から聞いた。もしも藤太郎が来れば、椿長屋に逃げてこい。必ず助ける」

「ありがとうございます」

手を合わせて頭を下げるおのうの横で、清太が見上げている。

重之介が頭をなでてやると、清太は嬉しそうに笑った。

「おっかさんを守るのだぞ」

「はい」

「さあ中に入って、戸締まりをしてくれ」

重之介は戸締まりをする音を聞いて、妹が待つ椿長屋に帰った。

雅代は、六尺棒を持って帰ったのを見て驚いたが、重之介はすべて語らず、

「万が一のために、借りてきたのだ」

こう誤魔化し、不安に思わせないようにした。

雅代が調えて待っていた夕餉を二人で食べ、なかなか寝付けぬ夜を明かした重之介は、早めに身支度をした。代官所に行く前に、おのうの家の周囲を見るつもりで出かけた。

六

「いってらっしゃい」

重之介の顔つきが、前より穏やかになった気がしていた雅代は、やりがいを感じているのだろうと思った。

六尺棒を持って帰った日から、二日が過ぎた朝のことだ。

今朝も張り切って出かける重之介が見えなくなるまで戸口に立って見送った雅代は、洗い物をしに井戸端に行った。すると、いつもは明るく声をかけてくれる長屋の

女房たちが、花を咲かせていた会話を止めぴたりと口を閉ざした。

なんだか急に、いやな雰囲気に変わったと思った雅代は、遠慮がちに皆の顔を見た。すると、軽蔑の眼差しを向けている者がいれば、目をそらす者もいる。関わりたくないといった具合に、そそくさと部屋に戻る者を目で追った雅代に、お勝が歩み寄ってきた。

「おはよう」

声をかけられて、雅代は微笑んだ。

「おはようございます。何かありましたか」

「大ありだよ」

遠慮がないお勝が、さらに近づいて目を合わせてきた。

「雅代ちゃんと重之介さんは、ほんとうは兄妹じゃないそうだね」

どうしてそうなるのか理解できなかった雅代は、否定した。

「いいえ、重之介は兄ですが」

「血が繋がっているの」

「はい」

お勝は豪快に笑い、残っていた女たちに言う。

「ほらみなさいよ。馬鹿な噂を信じて悪口を言ったらだめだって」

女たちは、先ほどとは態度を一変させ、前のように優しい顔になった。

雅代は、不安な気持ちをお勝にぶつけた。

「噂というのは……」

「ああ、忘れて」

「でも気になります。教えてください」

お勝は、ばつが悪そうな顔をしている女たちを睨んでから、雅代に向いた。

「いえね、誰とは言わないけど、お前さんたちがほんとうは兄妹じゃなくて、重之介さんは仇持ちだって噂を聞いて戻った人がいるんだよ。立派な武家のご新造《しんぞ》のくせに、浪人者と密通したとかなんとか言ってさ」

雅代は目の前が真っ暗になり、頭がふらついた。息が苦しくなり、驚くお勝たちの声が耳に届かない。

「ちょっと雅代ちゃん、大丈夫」

返事もできない雅代は部屋に逃げ帰ると、部屋中の戸を閉め切って布団を被り、嗚咽した。

忌々しい記憶がよみがえり、恐怖に怯えているところに、表の戸が荒々しく開けられた。

重之介が帰ったと思った雅代は、今すぐ逃げようと言うために布団から顔を上げたのだが、戸口に立っていた男を見て目を見張る。

恐怖のあまり声が出せない雅代に下卑た笑みを浮かべた男は、土足で上がってきた。

雅代は、重之介から教わっていたとおりに、帯に隠している刃物を抜いて男の脛《すね》を斬った。

「うわっ」

痛みに耐えかねて倒れた男は、逃がすまいと手を伸ばしてきた。

逃れた雅代は外に出た。今日は折悪く、お定と徳安夫婦は出先で按摩をするため、行列ができていない。まだ井戸端にいたお勝たちに助けを求めて叫ぼうとしたのだが、背後から口を塞がれ、別の男に捕まってしまった。

「野郎の命がどうなってもいいのか」

そう言われた雅代は、重之介のために抵抗をやめた。

「ちょっとお武家さん、何してるんだい!」

気付いて声を張り上げたお勝に、男は穏やかな顔を作る。

「雅代はわたしの妻です」

「あっ」

指差したのはお勝の横にいた女だ。

「このお武家だよ、わたしに二人が兄妹じゃないって言ったの」

お勝が怒った顔をする。

「嘘《うそ》なんだろう。騙されないよ」

「嘘じゃありません。この者は不義を働き、間男と逃げたのです。やっと見つけました」

「まさか、手討ちになさるっておっしゃるんじゃないでしょうね」

勝ち気を一変させて不安そうに言うお勝に、男は微笑んだ。

「いくら武家でも、物騒な真似はしません。悪い虫に騙されただけですから、今から国許に連れて帰ります。なあ雅代、そうだろう」

背中をぐいと押されて、雅代は重之介のために目をつむり、こくりとうなずいた。

男が言う。

「そういうわけです。皆さんには今日までお世話になったようで、礼を申し上げる。人の物を盗み、図々《ずうずう》しくも共に暮らしていた松矢重之介には、買い物にでも出たまま戻らぬとお伝え願いたい」

そう言って頭を下げた男は、抵抗しない雅代を歩かせた。

路地の出口まで付いていったお勝は、一緒に来た女たちに振り向く。

「なんだか心配だよ。雅代ちゃん、しょんぼりしていたね」

女房たちはあっけらかんと答える。

「礼儀正しいお武家だったじゃない」

「きっとあれね、生真面目で優しい夫が物足りなくて、重之介さんと……」

「いやらしい」

女たちは口々に勝手を言いながら、部屋に戻っていく。それを見ていたお勝は、雅代の部屋から出た男が、足を引きずりながら来るのを見て、思わず後ずさり、そこに置いてあった箒をつかんだ。

男はお勝を睨んだが、舌打ちをしただけで去ってゆく。

どうにも気になったお勝は、持っていた箒を置いて、雅代のあとを追った。

「さっさと歩け」

強い口調の男の声は、先ほどとは別人のようだった。そこに足を引きずる男が追い付き、待たせていた町駕籠に雅代を押し込んだ。

雅代を乗せた駕籠が表門へ向かうのを見届けたお勝は、向きを変えて佐吉の屋敷に走った。

七

「重之介さん、大変だよ！」

母屋の裏にある小屋の前で薪割りをしていた重之介は、お勝の金切り声に気付いて、振り上げていた斧《おの》を下ろした。

「お勝、どうしたのだ」

鈴蔵と剣術の稽古をしていた佐吉が問う。

「雅代ちゃんが、夫に連れていかれちまったんですよ」

お勝は焦った様子でそう言いながら走ってくると、雅代の身に起きたことを話した。

重之介は、雅代が殺されるかもしれぬと焦り、割ったばかりの薪をつかんで追って走る。

「鈴蔵」

佐吉に言われた鈴蔵は、木刀を持ったまま重之介を追った。

無我夢中で走った重之介は、門番に問う。

「先ほど出ていった町駕籠は、どっちに行きましたか」

「ああ、それなら向こうだ」

呑気に指差す門番に、追い付いた鈴蔵が厳しく問う。

「人が攫われたのだ。間違いないのか」

「えっ」

愕然とした門番が何度もうなずく。

「一人が足をくじいたと言っていましたから、そう遠くには行っていないはずです」

「一緒に来い」

門番を従える鈴蔵を尻目に、重之介は駕籠を捜して走った。

商家のあいだの三辻《みつじ》にさしかかると右に曲がった先を見たのだが、駕籠はどこにもいない。その先の三辻を目指して走っていくと、商家の角を曲がった道の先に、駕籠がいた。一人が右足を引きずりながら、先を急いでいる。

気付かれれば雅代の命が危ないと思った重之介は、道を歩いている三人組の背後に身を隠すように走り、妹を乗せた駕籠が辻を右に曲がると、一気に詰めた。

商家の角から慎重に走った重之介は、足音に気付いて振り向いた男に襲いかかった。

手拭いを巻いた足を引きずっていたその男は、額に薪を食らって昏倒《こんとう》した。

駕籠の横にいた紋付きに袴を穿いている男が、刀を抜いて斬りかかる。

右手ににぎる薪で刃を弾いた重之介は、相手の手首に薪を振り下ろし、刀をたたき落とした。

脇差を抜いて投げられ、重之介が打ち払う隙に、男は逃げた。

駕籠かきたちは巻き添えを恐れ、駕籠を置き去りにしている。

重之介は男を追わず、駕籠の簾《すだれ》を上げた。

雅代は、ぐったりしている。

「しっかりしろ。もう大丈夫だ」

頰を軽くたたきながら声をかけると、意識を取り戻した雅代が目を見張り、しがみついて悲鳴をあげた。

気が動転している雅代を駕籠から出した重之介は、抱いて背中をさすり、もう大丈夫だと繰り返した。

ようやく落ち着きを取り戻した妹を見て安堵した重之介は、気を失った男を縄で縛る鈴蔵に声をかけた。

「代官所に連れていくのですか」

「妹を攫おうとしたのだから当然だろう」

縛り終えた鈴蔵が、重之介と雅代を見て立ち上がった。

「二人とも浮かぬ顔をしているが、この男は悪人ではないのか」

「いえ……」

「ではどうして躊躇う。まさか、あの噂はほんとうなのか」

重之介は顔を上げた。

「噂とは何です」

鈴蔵から、町に流れていた不義密通の噂を聞かされた重之介は、疑われたことに落胆した。

「根も葉もないことです」

きっぱりと否定した重之介は、雅代の手を引いて椿長屋に帰った。

「ここにはもういられない。今すぐ逃げるぞ」

「はい」

二人で少ない荷物を風呂敷にまとめていると、

「入るぞ」

佐吉の声がして、有無を言わさず表の戸が開いた。

風呂敷に荷物を包んで結ぶ重之介に、佐吉と来ていた鈴蔵が頭を下げた。

「さっきは悪かった。つい……」

「いいんです。江島様、今日までお世話になりました」

妹と揃って頭を下げると、佐吉はばつが悪そうな顔をした。

重之介はきっぱりと言う。

「噂はまったくのでたらめです。この雅代は、血が繋がった妹ですから」

佐吉は、大きな身体を丸めて戸口から入ると、上がり框に腰を下ろした。

「殿が、お前たち兄妹には底知れぬ苦悩があるのではないかと、おっしゃっていた」

「信平様が、わたしのような者のことを……」

「殿は、そういうお方なのだ。差し支えなければ、ここに来た者たちとの関わりを話してくれ」

重之介は、どうしようか迷った。だが佐吉は、話すまで立つ気配がない。

大きな背中を見つめた重之介は、言葉を選んで口を開いた。

「攫おうとしたのは、妹の夫がよこした手先です。雅代は、わたしたちの親代わりでもある伯父の紹介で遠州金谷《かなや》の庄屋《しょうや》に嫁いだのですが、あるじ森円十郎《もりえんじゅうろう》の仕打ちに耐えられず、文で助けを求めてきました。それまで幸せに暮らしていると思っていましたから、文を読んだ時には、衝撃を受けました」

佐吉が雅代に険しい顔をした。

「折檻《せっかん》をされたのか」

雅代はうなずき、そのままうつむいた。

重之介が言う。

「円十郎の留守を狙って助けに行った時には、別人のように痩せ衰え、顔は形が変わるほど腫れ上がっていました。毎日のように殴られ、腹を蹴られていたせいで食事が喉を通らなくなり、死んでしまうところだったのです」

「なんと惨《むご》いことを……」

佐吉が大きな拳で板の間を打ったせいで、妹がびくりとした。

「すまん、つい」

あやまる佐吉に、鈴蔵が言う。

「五味殿から、女房に暴力を振るう夫ほど、異常に執着すると聞いたことがあります。雅代さんの夫もそうではないでしょうか」

佐吉はうなずいた。

「このままあきらめるとは思えぬな」

重之介が顔を上げると、佐吉は探るような目をして見ていた。胸の中にある憂いを見透かされるような気がした重之介は、思わず目をそらした。

それを見逃さない佐吉が問う。

「他に隠していることはないか」

「ありません」

即答はまずかったと思う重之介だが、佐吉はあっさりと引き下がった。

「そうか。ではどうだろう。夫がまた人をよこす恐れがあるあいだは、代官所で暮らさぬか。兄妹二人が住める部屋が空いておるのだ」

下働きをしているのだから、通わなくてもすむという佐吉の人情に、重之介は胸が熱くなった。同時に、心苦しさも増すのだった。

だが、胸のうちを明かすわけにはいかない。

そう思い、誘いを受ける返事をしようとした時、雅代が突っ伏して泣いた。

「わたしは罪人の女房ですから、代官所で暮らさせていただくとご迷惑がかかります」

まさか雅代から切り出すとは思っていなかった重之介は、酷く焦った。

「おい黙れ」

「どういうことだ」

佐吉は立ち上がった。怒鳴られるかと思ったがそうではなく、声は穏やかで、心配そうな顔をしている。

重之介に叱られて口を閉ざす雅代に、佐吉は言う。

「憂いがあるなら言うてくれ。必ず力になる」

親身になってくれる佐吉だが、重之介は躊躇った。そんな兄の気持ちをよそに、雅代は訴えた。

「夫の円十郎は江戸にいます。手下にわたしを捜させるいっぽうで、押し込み強盗をしているはずなのです」

「押し込みだと！」

驚く佐吉に、雅代は涙目でうなずいた。

「円十郎は、盗っ人のあいだでは『遠州』を名乗っており、江戸で大仕事をしようとしていたのです。わたしが殴られて気を失っていると思ったのでしょう。円十郎は隣の部屋で、手下と盗みの話をしていました。その時にはっきりと、江戸の大店を狙うと聞こえました。たくらみを知ってしまったわたしは怖くなって、兄に文を送って助けを求めたのです」

　佐吉は驚いていたが、考える顔をした。

「円十郎は、知られたことに気付いたのかもしれぬぞ。口を封じたいお前たちの命を正当な理由で奪うために、不義密通を吹聴したに違いない」

　だが雅代は首を横に振った。

「知られていないはずです。円十郎はただ、わたしをいたぶるために取り戻したいだけなのです」

　佐吉はうなずき、重之介に言う。

「おのうのことで親身になったのは、そういうわけがあったからか」

「確かにそうですが、人として、見て見ぬふりができませんでした」

「人としてと言うなら、円十郎のことをどうしてわしに黙っていたのだ」

「夫が重い罪を犯しておりますから、妹への縁座《えんざ》を恐れました」

　伏して詫びる重之介に対し、その気持ちは分かると言った佐吉は、ふたたび上がり框に腰を下ろして問う。

「伯父御も伯父御だ。雅代を嫁がせる前に円十郎を調べたであろうに、盗賊だと気付けなかったのか」

「円十郎は、雅代が嫁いだ時は盗賊ではなかったのです」

雅代が続く。

「兄の言うとおり、嫁いだ当初は幸せでした。ですが長くは続かず、元は戦国大名の宿老の家柄なのに、徳川の世になった今は不遇だと言うようになり、酒の量が増えていきました」

「円十郎に、何があったのだ」

「幼馴染《おさななじ》みだった村のお方が、学問に優れているのを認められて大名家に召し抱えられたのが、溜《た》まっていた鬱憤に火を付けたのではないかと。わたしが、人は人、と慰めのつもりでかけた言葉が火に油を注ぐ形で憤怒させてしまい、生まれて初めて、顔を殴られました。それからは毎日のように暴力を振るわれ、死にかけたこともあるのです」

佐吉は気の毒そうな顔でため息をついた。

「不遇を恨み、嫉妬の鬼になりおったにしても、女房に怒りをぶつけて殴るとは許せぬ所業だ。その挙げ句に盗みを働くとは……。庄屋でも十分立派ではないか。重之介、もうよいから頭を上げぬか」

言われて、重之介は佐吉と目を合わせた。

「盗っ人になり下がったわけがあるのです」

「どういうことだ。聞かせてくれ」

「はい」

雅代は、背筋を伸ばして口を開いた。

「このままでは終わらぬ。自分の代で御家を再興すると決意した円十郎は、道を探りはじめました。ですが、なかなかうまくいかず、酒におぼれるようになりました。そんな時、遠州に領地を持つ将軍家お旗本の家来が訪ねてきました。話を聞いた、仕官を世話する、と持ちかけられ、円十郎は運が回ってきたと喜び、望みを託したのです」

「裏切られたのか」

先回りをして問う佐吉に、雅代はうなずいた。

「江戸の御公儀のお方に仕官の世話をしていただくには、それなりの礼がいると言われて、円十郎は、取り戻せる金だからと言って出し続け、気付いた時には、一文無しに……」

「それで自棄《やけ》になり、人の物を奪いはじめたのか」

雅代は首を横に振り、その先を語るのが辛そうに押し黙った。

重之介が代わって口を開く。

「金が尽きたと知って相手にされなくなった円十郎は、旗本の家来を恨み、奪われた金を取り戻すため、おのが八人の兄弟と結託し、行動に出ました」

佐吉は表情を険しくした。

「何をしたのだ」

「夜中に、憎き家来が留守居をしている旗本の屋敷に押し込み、一家もろとも命を奪いました。そして金蔵にあった金を奪ったのですが、騙し取られた倍の額を手に入れたことと、その後誰にも疑われなかったことに味を占め、盗みを働くようになったのです。一番下の弟はまだ十三歳。そんな子供にまで人殺しをさせる鬼になり、今にいたっております」

「では、雅代を攫おうとしたのは円十郎の兄弟なのか」

「いえ、手下です」

答えた雅代に、佐吉は言う。

「円十郎がどこを狙っているか知っているのなら教えてくれ」

だが重之介と雅代は、そこまでは知らない。

「分かりません。ですが、狙うのはいつも豪商のはずです」

佐吉はうなずいた。

「鈴蔵、聞いていたな」

「はい」

「殿に知らせろ」

「はは」

赤坂に走る鈴蔵を見送った佐吉が、二人に言う。

「円十郎と一味は、今江戸を騒がせている押し込み強盗に違いない。そのような者に目をつけられているお前たちがいれば、この長屋の住人も危ない。よって今すぐ、わしと屋敷にまいれ」

重之介は驚いた。

「出ていけとは、おっしゃらないのですか」

「そのようなことをすれば、わしが殿からお叱りを受ける。さ、早う支度しろ」

雅代が泣き崩れた。安心したからに違いなく、そんな妹を想《おも》い、重之介は佐吉に平身低頭した。

「なんとお礼を申し上げたらよろしいか」

「礼を言うのはまだ早い。油断するな。さ、急げ」

厳しく言われて、重之介は雅代を促し、佐吉に付いて長屋をあとにした。

八

鈴蔵から知らせを受けた信平は、折よく来ていた五味と共に鷹司町に急いだ。

佐吉の屋敷で向き合う重之介と雅代は、信平が初めに見た時よりは、表情が穏やかになっている。佐吉に打ち明けたことで、幾分か気が晴れたのであろう。

「今日まで、難儀であったな」

広間で声をかける信平に、兄妹は下座で平伏した。

「ご迷惑をおかけし申しわけありませぬ。またご温情のほど、まことにかたじけのうございまする」

恐縮する重之介に、信平は首を横に振る。

「よいから、面を上げなさい」

応じて顔を上げた二人の前に座った五味が、与力らしく表情を引き締めて口を開く。

「円十郎が押し込みの一味ならば、とんでもない悪人だぞ。神出鬼没で、しかも皆殺しにするためまったく手がかりがなく、手を焼いていたのだ。そんな奴らに近づく糸口をくれて、まことにありがたい」

頭を下げた五味は立ち上がり、佐吉に言う。

「捕らえた男は、どこにいるのだ」

「牢《ろう》に閉じ込めてござる」

「では、そいつを締め上げてやろう」

鈴蔵が応じて、男を引き出してきた。

庭に正座する男に対し、五味が広縁に座して厳しく告げる。

「それがしは、北町奉行所与力の五味だ。お前は円十郎の手下だな」

男は答えず、うつむけた顔を上げもしない。

重之介に額を打たれた男は、頭に巻いた晒に血がにじんでおり、今も痛みが続いているようだ。

五味はその男の前に行き、穏やかに問う。

「黙っていてもいいが、円十郎の一味とみなして、明日には獄門台行きだぞ」

すると男は、酷く動揺した。

「まま、待っておくんなさい。あっしは、遊ぶ金ほしさに雇われただけで、まだ一度も押し込みを働いておりやせん」

五味は右の眉だけを高く上げて、鼻で笑った。

「口ではなんとでも言えるわな」

「ほんとうです。信じてください」

「そいつは無理があるぞ」

「このとおりです。嘘じゃありません」

地面に痛む頭を付けるのを見て、五味は切り出す。

「そのほう、名は」

「久治《ひさじ》と申しやす」

「では久治、円十郎の根城と、次に押し込むのがどこなのか正直に言えば、罰を減じて島送りになるよう、与力としてお奉行に嘆願してやろう」

すると久治が口を開いた。

「信用できません」

「は？　与力の言葉が信用できんのか」

「できませんね。言ったら最後、首を刎ねるおつもりでがしょ」

「がしょってお前……」

久治を指差した五味は、まったく信用されないのにがっくりと首を垂れたものの、すぐに思い付いたように手を打ち鳴らして告げる。

「それがしを信用できぬなら、よう聞け。こちらの狩衣のお方は、将軍家縁者である鷹司松平家の御当主信平殿だ。これでも信用できないか」

すると久治は驚いた顔をして、信平に向かって頭を下げた。

「鷹司様に申し上げます。円十郎が狙いを付けているのは、日本橋に屋敷を構える豪商、五葉《ごよう》一右衛門《いちえもん》でございます」

あっさり白状する久治に、五味は思わず立ち上がった。

「それは間違いないのだな」

「へい。あっしと逃げた相方は、そこから手伝う約束でございやした」

五味は信平を見た。

「その者ならば、麿も知っている」

苗字《みょうじ》帯刀を許されている五葉家は、廻船《かいせん》問屋、両替、札差《ふださし》、そして西国の銀山にも関わる大物。

そこが狙われていると知った五味は、焦ったように言う。

「一右衛門に万が一のことがあれば、その財力を頼りにしている商家だけでなく、財が回らなくなる大名家もあるはずですぞ」

「まさに」

信平がうなずく。

すると、同座していた重之介が口を挟んできた。

「円十郎を騙した旗本の家来が、五葉一右衛門は大名や旗本に金を貸しているから、あの者に紹介料を払えば、必ず取り立ててもらえると言ったと、妹から聞いております」

五味が否定した。

「それがしは五葉一右衛門をよく知っているが、そのような安い男ではない」

重之介がうなずく。

「円十郎は、誤解して恨んでいるのではないでしょうか」

信平が口を開く。

「それとも、ただ大金を手に入れたいだけか。久治とやら、それについて、何か聞いておるか」

久治は神妙な面持ちで首を横に振った。

「聞いておりませぬが、狙っているのは確かでございます」

これを受け、五味が信平に言う。

「一右衛門は用心棒を雇ってはいますが、たったの三人だけです。円十郎一味のこれまでの手口を思うと、押さえられないでしょう」

そして五味は、空を見上げて続ける。

「賊は決まって、月がない夜に出ておりますぞ」

今日の江戸は久しぶりに、朝から雨模様だ。

信平は案じた。

「いやな予感がする。日が暮れる前に、五葉家にまいろう」

五味は表情を明るくして立ち上がった。

「信平殿が来てくださるなら、もう捕らえたも同じです」

信平は微笑む。

「佐吉は残って、兄妹を守るのじゃ」

「はは」

信平は鈴蔵を従え、五味と日本橋へ急いだ。

五葉一右衛門は、日本橋に店ではなく屋敷を構え、ここから商いを動かしている。公儀にも顔が利くだけあり、羽振りのよさを世に知らしめる屋敷の塀は、曲者を寄せ付けぬ高さがあり、門は武家ほどではないにしても、悪意ある者にとっては近寄りがたい構えだ。

五味が先に立って門に近づいただけで、脇の門扉が開けられ、一人の用心棒が出てきた。

「五味殿、御用ですか」

明るい笑みをまじえて問う用心棒は、信平には深々と頭を下げる。

「一右衛門に伝えたいことがあるが、本人にしか言えないのだ」

五味の言葉を受け、用心棒は信平のために門扉を開けた。大門は、大名が来た時にだけ開けるのだという。

先日は、十万石の大名がわざわざ足を運んだと聞き、信平は改めて、一右衛門の商人としての力を知るのだった。

そんな一右衛門本人は、身なりは地味であり、派手な遊びも一切しないのだと、五味が小声で教えた。

通された母屋の客間は書院造りで、庭も広く、商家がひしめき合う日本橋とは思えぬほど静かだった。

番頭を従えて現れた一右衛門は、賊が狙っていると告げる五味の話は上の空で、信平が来てくれたことに感動しきりだ。

喜びに輝かせる目を信平から離そうとしない一右衛門に、五味は前を遮って言う。

「おい、聞いておるのか」

一右衛門は、太い眉毛を上下させて笑った。

「ええ、聞いておりますとも。まったく恐れることはありません」

「信平殿が来てくれたのだからそう思う気持ちはよう分かる。だがな、少しは心配せぬか」

不満そうな五味に、一右衛門は表情を一変させ、真顔で告げる。

「この一右衛門を舐めてもらっちゃあ困ります。仕掛けがございますから、不埒《ふらち》な輩が押し入ってきましたら、信平様のお手を煩わせるまでもなく、捕らえてやりましょう」

五味は驚いた。

「どのような仕掛けだ」

「いかに五味様でも、明かしてしまえばせっかくの仕掛けが台無しになってしまいます」

内緒だと笑って、豪胆な一面を見せる一右衛門は、信平に言う。

「とはいえ、せっかくご縁をいただいたのですから、お世話になりますぞ。番頭さん、今夜は信平様がお泊まりになるから、失礼のないように支度をしなさい」

「かしこまりました」

こういう流れで、信平はもてなしを受けることにした。月がない闇の夜に、賊が来ると思ったからだ。

九

夕方に雨はやんでいたが、空に月と星はない。

真っ暗な町中におぼろげな明かりが浮かび、荷車の音がしてきた。自身番《じしんばん》の前に立っている番人が目をこらす。近づいてきたのは、ちょうちんを灯《とも》して歩く男たちだ。

一見すると、どこにでもいそうな商人であるため、番人はなんの疑いもなく、あくびを嚙み殺した。

ぺこぺこ頭を下げる男たちに、番人はうなずいて見送る。

だが、この男たちの中身は商人などではなく、まったくの別物、血に飢えた盗賊の一味だ。

商人に扮《ふん》した盗賊どもは、菰《こも》を巻いた荷を五段重ねた荷車を重そうに引き、自身番の前を堂々と通り過ぎてゆく。

日本橋を渡り、しばらく進んだ先にある商家の裏手に回った男たちは、かけ声もなく黙然と、手筈《てはず》どおりの配置についた。これまで入念に下見を重ねているため、動きにまったく無駄がない。二人が板塀を見上げて立ち位置を決めると、腕を組み、末の弟を促す。

組まれた腕の上で弟が踏ん張ると、兄は息を合わせて放り上げる。軽々と塀を越えた弟は、程なく裏木戸を開けた。そして、暗闇の戸口から賊どもが忍び込むと、弟はそのまま裏木戸を閉め、あたりを見張るのだった。

商家の者たちは、

「うちは塀が高いから、押し込みの賊は入れやしないさ」

日頃からあるじにそう言われていたため、誰もが安心して熟睡していた。

ひやりとする刃物を顔に当てられて目をさましたのは、奉公人たちと川の字になって眠っていた若い手代だ。悲鳴をあげようにも口を塞がれ、刃物で喉を裂かれた。それがこの商家の悲劇のはじまりだった。目をさます前に次々と命を奪われ、呻き声で目をさました奉公人が廊下に這い出し、助けを求めて表から逃げようとした。だが、店で待ち伏せしていた者に斬殺され、やがて、家の中は静かになった。

臥所《ふしど》に踏み込まれ、命乞いをするあるじから蔵の鍵を奪ったのは、円十郎だ。

「絞め殺せ」

命じられた弟が、なんの感情も面に出すことなく、淡々と役目をこなした。そこへ、娘と思しき若い女が逃げてきた。

追ってきたのは、二番目の弟だ。

もたつく弟に舌打ちをした円十郎は、あるじを殺したばかりの弟に顎で指図し、手下どもを連れて臥所から出た。

金蔵から千両箱を残らず盗み出した一味は、荷車の積み荷に偽装して支度を整え、商家をあとにした。

日本橋の通りを城の方角へ逃げていると、前方の四辻《よつつじ》に明かりが浮かび、やがて、ちょうちんを手にした手勢がこちらに曲がってきた。

「慌てるな。手筈どおりにやれ」

小声を発したのは、円十郎だ。

弟たちと手下どもは、誰一人慌てる者がいない。そのうち、向こうが気付いて足を速めてきた。

「止まれ」

相手は、見回りをする御先手組だった。

言われたとおりにすると、ちょうちんを持った小者が照らす。すると組頭と思しき男は、強張《こわば》っていた表情を穏やかにした。

「なんだ、加納屋《かのうや》の者か」

この時一味は、先ほど押し入った商家の半纏《はんてん》を羽織り、屋号が入ったちょうちんを灯しているのだった。

円十郎と弟たちは荷を運ぶ人足になりすまし、店の手代に扮しているのは手下どもだ。顔が見られ、あとで人相書きを作られた時は、手下どもの口を封じればよい。

これが、無情な円十郎の考えだ。

組頭がなんの疑いも抱かぬのは、これまでとは違う手口のうえに、加納屋はたまに、夜明け前に精米したばかりの米を配達することがあり、それを知っている組頭は、油断したのだ。

「お役目、ご苦労様にございます」

手下は、役者顔負けの手代になりきっているため、組頭は荷車を確かめもせず見回りに戻った。

「お頭、うまくいきましたね」

軽口をたたく手下をひと睨みで黙らせた円十郎は、根城に着くまで油断するなと命じて、日本橋から足早に去った。

そして、東の空が濃紺色に変わりはじめた頃、一味は根城に到着し、次々と金を運び込んだ。

板の間に山と積まれた千両箱の前であぐらをかいた円十郎は、手下どもにさっそく分け前を配った。

一人五十両を受け取った手下たちは、

「たまらねえや」

小判の輝きを喜び、振る舞い酒をがぶ飲みして、張り詰めていた気持ちをほぐすのだった。

円十郎は、にぎやかに酒を飲む者たちを眺めながら、ゆっくりと盃を口に運び、思案を巡らせる表情をしている。

「兄上、今日もうまくいきましたね」

弟の次介《じすけ》が瓶子《へいじ》を手に正面に座り、注ぎ口を向けてきた。

酌を受けた円十郎は、物憂げな顔で飲み干すと、弟に返杯した。

「うまくいっている時こそ、油断は禁物だ。次は、初心に戻って働け。今宵お前は、女を絞め殺すのを躊躇ったな」

するると次介は、まずそうに酒を飲んだ。

「目を見てしまったのです。どうも苦手で」

「それが命取りになるのだと、何度言わせる」

「そう怒らないでください」

言った刹那、次介は息を呑んだ。

目を見開く次介の喉元には、円十郎が傍らに置いていたはずの刀の切っ先が、ぴたりと止められている。

「次は、躊躇いません」

「それが皆のためと心得よ」

円十郎が刀を引くと、次介は繋がった首をなでながら言う。

「明日のことは、うまくやりますから」

黙り込む者たちを順に見た円十郎が、厳しく告げる。

「我らの大願を成就するまで、誰一人欠けてはならぬ。そう心得て、一人も生かして外に出すな。よいな」

弟たちより、手下どもが先に返事をした。皆、これまでろくな人生ではなかったが、円十郎に付いていけば、いずれ必ず士分に取り立てられると、信じているのだ。

円十郎が浪人たちに言う。

「明日は、次介とうまくやってくれ」

「承知」

浪人たちは、酒盛りを続けながら、次介と打ち合わせを重ねた。

十

朝になるまで五葉家の屋敷にいた信平と五味のところに、一右衛門が来た。昨夜とは違い血相を変えている。

「五味様、奉行所から使いの方がおいでです」

五味は昨日、一右衛門に頼んで町奉行に文を届けているだけに、心配そうな顔をした。

「御奉行からか」

「はい。賊に狙われたのは手前ではなく、米屋の加納屋でした」

「はっ！」

五味は立ち上がり、使者が待つ表に急いだ。

信平が続くと、待っていた同心が頭を下げて告げる。

「やられました。酷いありさまです」

「まいろう」

信平は五味と同心を促し、加納屋に急いだ。

五葉家と加納屋は、目と鼻の先だ。四辻を二つ通り過ぎたところ、店の表に馬が二頭おり、人だかりができていた。

同心が言う。

「馬は御先手組のものです。昨夜このあたりは、御先手組が受け持ちでしたから」

駆け付けると、米屋の中は酸鼻を極める状態だった。

昨夜見回りを受け持っていた先手組組頭が信平に気付くと、意気消沈した様子で近づいてきて、頭を下げた。

「まんまとやられました。しっかり見回っていたのですが、加納屋の米を運ぶ者どもが賊と気付けませんでした」

しくじったと悔しがる組頭は、運び出される骸を辛そうに見ている。

信平が組頭に言う。

「それは麿も同じじゃ。頭目の手下を捕らえたのだが、五葉家を襲うたくらみがあると言われ、まんまと騙された」

すると五味が否定した。

「久治は小物ですから、ほんとうの狙いを知らなかったに違いありませんよ」

「あるいは、麿の目を他に向けるための策かじゃ」

信平が言うと、五味がはっとした。

「昨日御奉行に送った文で、久治の身柄を引き取りに行かせるようお願いしました」

「捕らえられるのも策のうちであれば、何かしてくるやもしれぬぞ」

信平は組頭に馬を借りると告げ、外へ出た。

小者から手綱を受け取った信平は馬に飛び乗り、五味に言う。

「引き取りにゆく者たちが通る道が分かるか」

「案内します」

五味は小者の手を借りて馬に跨がり、先に走った。

町中を疾走する馬は京橋を渡り、武家屋敷のあいだの小路《こうじ》を抜けて麻布へ向かう。

だが時遅く、鷹司町に近い道で、同心と小者六人が倒れていた。

馬を下りた信平と五味が駆け寄ると、町の者たちに介抱されていた同心が悔しそうに告げた。

「久治を罪人駕籠に押し込めて奉行所に戻っていたのですが、後ろから来た曲者どもに襲われ、駕籠ごと奪われました」

敵は剣の達人で、止めることができなかったと詫びる同心は、足を斬られている。

他の者たちも怪我《けが》をしているが、命に関わる深手ではなかったのが救いだった。

「襲った者の顔を見たか」

問う五味に、同心と小者たちは首を横に振った。

「布で鼻から下を隠しておりましたが、身なりからして浪人ではないかと」

信平が五味に言う。

「後ろから来たのなら、佐吉の屋敷が見張られていたのであろう。初めから、仕組まれていたに違いない」

「では、あの兄妹もぐるですか」

「そうは思えぬが……」

信平は同心を労《ねぎら》い、兄妹の真意を確かめるため馬を引いて鷹司町へ戻った。町の表門を潜る前に、信平は周囲の気配を探った。だが、怪しい影はない。門番に問うも、見張っている者には気付けなかったという。

うなずいた信平は、佐吉の屋敷へ急いだ。

久治が逃げ、五葉家ではなく別の店が襲われたと知った重之介と雅代は肩を落とした。特に雅代は、信平を前にして下座で突っ伏した。

「わたしが、浅はかなことを言ったせいです」

泣いて詫びる雅代の顔を上げさせた信平は、責めることなく言う。

「初めから仕組まれていたのではないだろうか。久治はわざと捕らえられ、次の狙いが五葉家だと思わせたに違いない」

重之介がはっとした。

「妹を連れ去ったのも、策のうちだとお考えですか」

「あくまで麿の当て推量だと思うがよい。ただ、これがまことであれば、円十郎は侮れぬ男じゃ。次は本気で連れ戻しにくる恐れがあるゆえ、引き続きここにいたほうがよい」

だが二人は拒んだ。雅代が言う。

「わたしが囮《おとり》になりますから、捕まえてください」

「それでは、長屋の連中が巻き込まれる。何も心配せず、ここにおるがよいぞ」

「どうか、お役に立たせてください」

頭を下げて懇願する兄妹だったが、信平は承知しない。

「麿はこの目で、円十郎一味の凶行を見てきた。これ以上、あの者たちの好きにさせるわけにはまいらぬ。ここは、麿にまかせよ」

五味が兄妹に言う。

「信平殿が動いてくださるから、円十郎一味が成敗される時はぐんと近くなった。何も心配することはないから、ここで大人しくしていろ。いいか、勝手に動くとかえって足手まといになりかねないから、下手に動くな」

厳しく念押しされた重之介と雅代は従い、部屋に戻っていった。

信平が鈴蔵に言う。

「お初をこれへ」

「はは」

鈴蔵が赤坂の屋敷へ走るのを見送った五味は、嬉しそうな顔をしたがそれは一瞬で、表情を引き締めて信平に言う。

「それがしは一旦、御奉行に報告しに戻りますぞ。またすぐに来ますから」

「ふむ」

馬を返すよう頼んだ信平は、佐吉に、兄妹から目を離さぬよう命じた。

十一

「お頭、うまくいったようで」

右足を引きずって戻った久治に、円十郎は分け前の五十両を取らせて労った。

「その足は、誰にやられたのだ」

「へい、ご新造さんに」

円十郎は驚いたが、くつくつと笑った。

「雅代め、わしの手を離れたせいで、気性が荒くなったようだな。一日も早く取り戻して、躾《しつけ》をしてやらねば」

「あのままお連れしてもよろしかったのでは」

雅代を攫おうとしたもうひとりの手下に言われて、円十郎は笑みを消した。

「それでは、信平が動くではないか」

「そうでした」

信平が動きはじめたと知った円十郎は、手下を使って目先をそらさせていたのだ。

円十郎は、またすぐに笑みを浮かべる。策士たる余裕の表情だ。

「五葉を囮にしたことで、我らの狙いが別にあると思ったはずだ。念のため、もう一軒だけ大店からお宝を奪い取り、ひと月を置いて、本丸である五葉の財をいただく。その前に、雅代を取り戻すぞ」

「よいお考えかと」

久治が諂《へつら》うのを横目に、次介が言う。

「我らが久治を奪い返したことで、鷹司町は守りを固めるはずです。義姉《あね》さんのことは、すべてが終わるまで忘れてください。いつでも連れ戻せますから」

円十郎は気分を害した。

「せっかく見つけたのだぞ。重之介のことだから、見つかったと知れば必ず行方をくらます。雅代がいなければ、わしはなんの楽しみもない。力が出ぬのだ」

「女など、他にいくらでも……」

「兄さん」

次介の口を止めたのは、末の弟だ。

憤怒を面に出している円十郎を恐れて、次介に言う。

「義姉さんは兄上になくてはならない人なのですから、邪魔をすると殺されますよ」

家を出ていた他の兄弟よりも、同居して二人を見てきた末の弟は、曲がった伝え方だとしても、円十郎が雅代を痛めつけるのは憎いからではなく、深く好いているからこそだとよく知っているのだ。

「おれには到底、理解できん」

次介は、他の兄弟に同調を求めた。だが、皆首を縦に振ろうとはしない。

「気に入らぬなら、今すぐ去れ」

円十郎にこう言われては、次介も黙るしかなかった。離反すれば、おのが身がどうなるか知っているからだ。

そんな次介に、円十郎は一振りの太刀を差し出した。

「残るなら、これをお前にやろう」

太刀は、森家に代々伝わる宝刀村正《むらまさ》だ。

次介は瞠目した。

「よろしいのですか」

「わしに何かあれば、森家を継ぐのはお前だ」

次介は表情を一変させ、心配そうに言う。

「命がけで義姉さんを取り戻すおつもりですか」

「五葉家の金を手に入れれば、一旦は江戸を離れなければならぬのだ。その前に、なんとしてもわしのそばに置かねばならぬ」

執着する兄に次介は何も言わずに、村正を受け取った。そして抜刀し、惚れ惚れとした面持ちで刀身を眺めたが、気を引き締めた顔をする。

「これは、やはり当主が持つべきですから、いただくのではなく預かっておきます」

円十郎は微笑み、うなずいた。

村正を太刀袋に入れた次介が、改まって問う。

「義姉さんを取り戻すために、鷹司町の代官屋敷に押し込むつもりですか」

「お前は、重之介と雅代のことを何も分かっておらぬな」

「どういう意味です」

「雅代は一見すると、しとやかで大人しいが、熱い血が流れておる。重之介と同じく正義感に満ち、こうと思う道にわしを導こうとしおるから、仕置きをしておったのだ。あれは、ことが成就したあかつきには、わしらにとって好いおなごになろう。これから増える家来どもを導かせ、家を守らせるのだ」

「そこまで、お考えでしたか」

「もう少しで、わしの思いどおりにできるという段になって、逃げられた。あれに勝るおなごをわしは知らぬゆえ、勝手を許せ」

「手伝います。手伝わせてください」

「ならぬ。お前は、わしが戻らぬ時に備えておれ」

円十郎はきつく命じると、手の者を連れて部屋から出ていった。

残った兄弟たちは、次介を囲んだ。

三男が言う。

「兄上は、義姉のことになると周りが見えなくなると思っていたが、まさか、あそこまで惚れ込んでおられたとは」

末の弟が口を開く。

「だから言ったではありませんか。円十郎兄は、義姉さんを抑えているようで、実は取り込まれているのですよ。家をまかせるとおっしゃったのを聞いたでしょう。もうすっかり、籠絡されていますね」

次介が笑った。

「お前は、そう見ているのか」

「ええ。だって義姉さんのこと、おいらも好きですからね、人として」

「そういうお前こそ、義姉さんに搦《から》め捕《と》られたようだな」

「やめてくださいよ。兄上に殺されますから」

兄弟たちは楽観して笑い合った。

円十郎に従っていれば、何も心配はいらないと思っているのだ。

十二

いっぽう、重之介と雅代は、外障子を閉め切り、二人で真剣に語り合っていた。

「このままでは、いけないと思う」

重之介がそう言うと、雅代はうなずいた。

「わたしが囮になりますから、兄上が討ち取ってください」

「だが、ここにいたのでは円十郎は手出ししてこぬだろう。だからといって、長屋にも戻れぬ」

「わたしが、町の外を歩きます。信平様には黙っていましたが、円十郎は必ず見張りを付けているはずですから、外を歩けば来るはずです」

「だめだ。それは危ない。我らだけでは無理だ」

「でも信平様は、わたしたちの囮を承知されませぬ」

重之介は悩み、一晩考えた。そして出した答えは、封印していた刀を抜くことだった。

「やはり、わたしたちで円十郎を討ち取るしかない」

「刀を抜く決意をしたのですね」

雅代は、表情を曇らせた。

「またわたしのために、母との約束を破らせて申しわけありませぬ」

「それを言うな。お前は何も悪くはないのだ」

十代の頃、男勝りで曲がったことが嫌いだった雅代は、酒に酔った村の若者が、一人で留守番をしていた幼馴染みの家に上がり込み、乱暴をしようとしていたところへ訪ねていき、無我夢中で助けた。騒ぎを聞いて駆け付けた村の役人に捕らえられた若者は、お叱りだけですんだのだが、それ以後、幼馴染みからまったく相手にされなくなった。

密かに想いを寄せていた若者は、邪魔をした雅代を逆恨みし、突然の驟雨《しゅうう》に見舞われて家路を急いでいた雅代を竹藪《たけやぶ》に引きずり込み、襲おうとしたのだ。

そこへ、笠と蓑《みの》を持って迎えに行っていた重之介が差しかかり、妹の叫び声を聞いて竹藪に入った。今まさに、着物を剝ぎ取ろうとしていた場を見て愕然とした重之介は、逃げる男を追い、川端に追い詰めた。そして、逆上して刃物を振りかざしてきた男を、父から仕込まれていた剣術をもって、一刀で腕を斬り飛ばしたのだ。

その若者は、掛川の外にまで名が知れていた、腕がいい彫り物師だった。これがきっかけで仕事も名声も失った若者は、傷が治らぬうちに自ら命を絶った。己の色欲が抑えられぬために招いた結果で自業自得なのだが、重之介と雅代を責める心無い者もおり、これに気を病んだ母親が、病床の中で重之介に、二度と人を斬ってはならぬと、涙ながらに言ったのだ。

以来重之介は、たとえ稽古であろうとも、人を相手に真剣を抜いたことがなかった。

「まことに、よろしいのですか」

雅代は気をつかうが、目は、助けを求めている。それほどに、円十郎に居場所を知られていることが恐ろしく、その一方で、江戸を震撼《しんかん》させるほどの悪事を重ねていることが、許せないのだ。

五味から、加納屋の惨憺《さんたん》たるありさまを聞いた時から、雅代の顔つきが変わっているのを、気付かない重之介ではない。

「二人で悪縁を断ち切るのだ。母上も、許してくださるに決まっている」

本音を伝えると、雅代はしっかりと目を見てうなずいた。

翌日、佐吉は信平の供をして屋敷を留守にした。

家の者の目を盗んで屋敷を抜け出した重之介と雅代は、町の裏門から外へ出た。

するとさっそく、重之介はうしろに付いてくる気配に気付き、雅代の腕を引く。

「来たぞ。振り向かずに歩け」

はい、と返事をした雅代の声は、震えてなどいない。

通りの角を曲がる時、手下が貼り付いているのを目の端にとらえた重之介は、人が少ない通りを見てここだと決め、刀の鯉口を切って振り向いた。

曲がってきた男が、柄《つか》に手をかけている重之介を見るなり間合いを取り、鋭い目を向けてくる。

抜刀した重之介が、峰打ちで手下を打ちのめそうとしたのだが、大きく飛びすさった手下が、ほくそ笑む。

「兄上！」

背後でした雅代の声に振り向くと、曲者が走ってきた。重之介は雅代を土塀に下がらせ、前を塞ぐ五人と対峙した。

「やれ」

覆面の男の声に応じた二人が、気合をかけて斬りかかってきた。

真剣は抜かずとも、剣術の修行は疎《おろそ》かにしていなかった重之介は、相手の一刀を弾き上げ、返す刀で肩を斬った。

その隙を突いて刀を打ち下ろした二人目だったが、重之介は刃をかわし、太腿《ふともも》を浅く斬って身動きを封じた。

そして三人に切っ先を向け、声音厳しく告げる。

「森円十郎の居場所を吐けば命は取らぬ。どこにおるか言え！」

だが三人はまったく動じぬ。

黒い無紋の羽織と袴姿の男が、猛然と斬りかかってきた。

先ほどの二人とはまるで違って手強《てごわ》く、次々と激しく繰り出される剣技に押された重之介は、相手の攻撃を受け止めるのがやっとだ。

押しに押され、兄妹は離された。そのあいだに二人が雅代に迫り、強引に連れ去った。

「兄上！」

「おのれ！」

取り戻そうとした重之介だが、一人に阻まれて動けない。

「雅代！」

声を出せば、男が隙を突いて斬りかかってくる。

受け止め、押し返した重之介が見たのは、雅代を連れ去る敵の背後の道に、屋根から飛び下りた女だった。

見知らぬ女は、確かに重之介に顎を引き、雅代を連れ去る男たちのあとを追っていく。

それを見た重之介は、自然と、信平の手の者に違いないと思うのだった。

佐吉が屋敷を留守にしたのも、自分たちの気持ちを察してではないか。

そうに違いないと思った重之介は、目の前の敵に集中した。

「来い！」

怒鳴ると、敵は血走った目を見開いて刀を振り上げた。

無心で間合いに飛び込んだ重之介は、敵が袈裟斬りに打ち下ろす前に刀を振るって斬り抜けた。

腹を斬られた敵は、打ち下ろした切っ先を地面に突き立てて耐えようとしたが、力尽きて倒れた。

長い息を吐いた重之介は、信平の手の者に違いない女が去った道に走ったが、誰の姿もなかった。追うのをあきらめた重之介は、祈る気持ちで、深々と頭を下げる。

「妹を、頼みます」

十三

抗っているうちに気絶させられ、町駕籠に押し込まれた雅代が連れていかれたのは、四谷《よつや》の町中にある一軒家だった。元は豪商の持ち物だけに、かなり大きい。

信平の命を受けて兄妹を見張っていたお初は、雅代が連れ込まれた屋敷に容易《たやす》く忍び込み、探りを入れた。

伊賀《いが》のくのいちの中でも優れているお初が気配を消すと、その存在に気付くのは、いかに剣の達人であっても難しい。

円十郎は、隣の部屋に人がいるとは知らずに、気を失っている雅代の顔を眺めながら酒を飲んでいる。

やがて、顔に苦悶《くもん》を浮かべて意識を取り戻した雅代は、目の前にいる円十郎を見てはっとし、身を起こそうとしたのだが、縛られて身動きができない。

雅代の恐怖に満ちた表情に、円十郎は嬉々とした笑みを浮かべる。

「やはりお前は、いい顔をする」

すると雅代は、目を閉じて長い息を吐き、ふたたび瞼を開けた時には、意を決した眼差しで円十郎を見据えた。

「もう人を殺めるのはやめてください」

訴えた刹那に、頬に火が付いたような痛みが走った。円十郎が手を上げたのだ。

口の端から垂れた血を指で拭った円十郎は、長い舌を出して指を舐めた。

おぞましい姿に、雅代は悲鳴をあげそうになるのだが、もう逃げないと腹をくくり、じっと見据えた。

「その目はやめろと、何度言わせる！」

ふたたび頬を打たれ、腹を殴られても、雅代は耐え続けた。

隣の部屋に潜んでいるお初は、帯に隠している小太刀に手をかけた。だが、雅代の顔つきを見てやめた。

気がすんだ様子の円十郎が、雅代の唇を手拭いで拭いてやり、笑みを浮かべて言う。

「さすがは、わしが惚れた女だ。やはりお前は、武家の妻に相応《ふさわ》しい」

「武家とは、どういうことですか」

「よう訊いてくれた。わしは、一万両で旗本の身分を手に入れたのだ。念願だった御家再興を、この手で果たしたのだ」

「ではどうして、盗賊を続けるのです」

「手に入れた身分は、たかが五百石の旗本だからだ。お前を奥方にするには、まだまだ小さい。だが安心しろ、今の世は、金さえあれば出世できる。わしはいずれ必ず老中に成り上がり、先祖の悲願を成就させる。それにはまだ、金が足りぬのだ。見ておれ、この部屋を千両箱で一杯にしてやる。そうすればお前は、老中の奥方になれる。だからもう逃げるな。わしには、お前というおなごが必要なのだ。二人で家を盛り立て、子々孫々まで栄える家を作ろうではないか」

「わたしに、そのような力はありませぬ」

「まだ気付いておらぬだけだ。大名になり、何千何万という家来どもを召し抱えるようになった時に、お前は己の才に気付くであろう。わしを支えてくれ」

「このような仕打ちをされて、耐えられるわけがありませぬ」

「何ゆえ、わしの想いを分かってくれぬのだ」

両手で首を絞められた雅代は、もがこうにも身体が動かない。

だが円十郎は力をゆるめ、頬を両手でつかみ口づけをした。

離れた円十郎を、雅代は睨んだ。

「いい面構えになったではないか」

己のこころのまま、一方的に言葉を重ねる円十郎は、まともな思考の持ち主とは思えない。

妻をなぶり、人を人とも思わず虫を潰すように命を奪う所業は、鬼畜にも劣るであろう。

「もう、やめてください」

殺される覚悟で訴える雅代は、涙が止まらなくなった。

だが円十郎は、まったく耳に届いていないようだ。先ほどから、背後の気配を気にするような目の運びをしている。

刀掛けから大刀をつかむと抜き、ゆっくりと襖に歩み寄る。そして、一気に開けた。隣の十畳部屋には、簞笥すらも置かれておらず、何もない。

「気のせいか」

そうつぶやいて閉められた襖の上には、抜いた小太刀を口に咥えたお初が、鴨居《かもい》と天井のあいだに貼り付いている。

刀を鞘に納めて雅代のそばに戻った円十郎は、頬をつかんで告げる。

「逃げようと思うな。またわたしを裏切れば、次は必ず殺す。よいな」

雅代がこくりとうなずくと、円十郎は満足して微笑む。

「戻ったら可愛がってやる」

円十郎は、雅代を縛ったままにして部屋から出ていった。

お初は、雅代が泣く声を聞きながらも、役目に徹して円十郎を追った。円十郎の様子から、命を奪われないと判断したからだ。

次介に屋敷の番をまかせた円十郎が向かったのは、駿河台《するがだい》だった。手下を待たせ、大名屋敷の裏門から出てきた侍の手引きで、中に入ってゆく。

すっかり日が暮れているが、跡をつけたお初が見間違えることなどない。この屋敷のあるじは、切れ者の奏者番として近頃公儀の中で頭角を現している、長澤豊前守尚玄《ながさわぶぜんのかみなおつね》だ。

こうなると、お初は一層、表情が引き締まる。悪事を許さぬ信平の耳目《じもく》となるべく屋敷に忍び込んだ。家来の案内で廊下を歩く円十郎を逃すことなく、気配を消して御殿の中に入ったお初は、人がいない真っ暗な部屋の障子を開け、声がするところへ忍び寄る。襖一枚を隔てた向こう側から、あるじ尚玄の声が聞こえてきた。

「円十郎、加納屋は、いつになく派手にやったようだな」

「仰せのままに、いたしました」

「金がまだ来ておらぬが、どうしたのじゃ」

「次の闇夜にもう一軒やりますから、まとめてお渡しいたしまする」

「いや、次はせずともよい」

意外な言葉に、円十郎は下げていた頭を上げて長澤と目を合わせた。

「と、申されますと」

長澤は、憎々しげな表情をする。

「わしの目障りな者が、一歩先をいく気配がある」

「川上《かわかみ》殿に、若年寄の座を奪われるとおっしゃいますか」

「このままではいかん。奴は今日、五葉一右衛門に新たな借財を申し入れたそうじゃ。しかも、十万両もの大金をな」

「なんと」

「川上はわしに対抗するために、金をばらまく気じゃ。そこで、ことを急いでくれ。ここで五葉一右衛門が金ごと消えてくれれば、川上は金を借りれぬどころか、御家の財が回らなくなる」

「確かに、川上殿は五葉に頼りきりですから、何もできなくなりましょう」

長澤を見る円十郎の目が、一瞬光った。

この長澤も出世のために金をばらまいており、御家の財は底をついている。江戸に来て、五葉家のことを調べているうちに長澤のことを知った円十郎は、旗本の身分がほしいと持ちかけ、金の縁を繋いでいたのだ。

「共に、出世しようぞ」

長澤は円十郎と手を組み、今にいたっている。

その長澤が、盗みをはじめるにあたりまず気をつけろと教えたのが、信平の存在だった。

「あの者は、将軍家の縁者として家格も高く、上様（家綱《いえつな》）から信頼を得ておる。これまで数多の悪を倒しておる強者ゆえ、一度目を付けられれば逃れるのは難しい」

破滅だと言われていた円十郎は、今日ばかりは、鼻を高くして長澤に言う。

「信平はまんまと策にはまり、五葉家から目をそらさせてございます。今頃は、我らがまだ手を付けておらぬ蔵前を見回っておりましょう」

「それは確かか」

円十郎はうなずく。

「手下に見張らせておりますゆえ」

「決して油断は禁物じゃ。あの者は、僅かな気配も逃さぬぞ」

「こちらも、劣りませぬ」

自信に満ちている円十郎に、長澤は上機嫌で言う。

「して、いつ五葉をやる」

「では、次の闇夜に」

明晩と言わぬ円十郎に、長澤は呆れ気味だ。

「『闇夜の遠州』とは、よう言うたものよ」

「我ら兄弟は夜目が利きますゆえ、次は小芝居なしに、一気に方《かた》を付けます」

長澤は機嫌を悪くした。

「商人に化ける知恵を授け、皆殺しにするよう命じたのはわしぞ。そのおかげで、誰もお前たちを疑っておるまい」

「むろん、皆殺しは続けまする。されど、次をもって我らはお役御免ですから、急ぎ働き、金を長澤様の別邸に運び込みまする」

「御先手組がしくじりを挽回《ばんかい》しようと躍起になっておるゆえ、そちが申すとおりかもしれぬな」

機嫌をよくしたのは、金を別邸に運ぶと言ったからだ。長澤の別邸は、五葉家に近い場所にある。

長澤は笑みを消して言う。

「だが油断するな。五葉家には、盗っ人を捕らえる仕掛けがある」

円十郎は問う。

「どのような仕掛けですか」

「これだ」

そばにいた用人が紙を広げた。長澤は用意周到に、五葉家の仕掛けを記した絵図面まで持っていたのだ。

頭に入れろと言われた円十郎は、食い入るように見つめ、長澤にうなずく。

「お教えいただき助かりました。金蔵がどこにあるかも分かりましたから、役目がやりやすうございます」

「その絵図面を見ても分かるように、金蔵は大きい。聞いた話では、少なくとも二十万両はあるはずじゃ」

「二十万両……」

円十郎は、どう運ぶか考えを巡らせるのだった。

その心中を見透かすように、長澤が言う。

「わしの別邸が近いゆえ、一度に運ばずともよい。朝までに、すべて手に入れろ」

三往復はいるが、長澤家の名を使えばできる。

口には出さぬが、そう決めた円十郎は快諾した。

「必ず、手に入れまする」

長澤は満足そうにうなずく。

「お前たちに危ない真似をさせるのは、これで終わりじゃ。わしが金を有効に使い、必ず大名にしてやろう」

「大名にしていただいたあかつきには、徳川のため、いや、長澤様のために、身を粉にして励みまする」

「共に、この国を動かそうぞ」

「はは」

円十郎は平身低頭し、座敷から出た。

入れ替わりに座敷の前に来た家老が、廊下を歩いてゆく円十郎を目で追っていたが、遠ざかったところで長澤のそばに来た。

「殿、まことに、あのような者を出世させるおつもりですか」

長澤は嘲笑を浮かべる。

「板倉《いたくら》、そう怖い顔をするな」

「しかし、あの男は元々極悪の盗賊ですぞ」

「それをうまく餌付けしただけのことよ。金が手に入れば用なしだ」

「初めから、そのおつもりでしたか」

「当然だ。金と引き換えに、楽にしてやれ。奴はどうも、生きるのが苦しそうゆえな」

くつくつ笑う長澤に、板倉も悪人面で笑みを浮かべてうなずいた。

暗闇の中で潜んでいたお初は、まったく気付かれることなく下がり、廊下に出た。

庭を音もなく走り、己の背丈の倍はある塀を軽々と越えて外に下り立つと、信平に知らせるべく走り去った。その表情は、悪辣な長澤に対してなのか、それとも円十郎に対する憤りか、探りを入れている時の無心とはまったく違い、殺気さえ感じさせる険しさに変わっている。

十四

翌晩、月も星もない真っ暗闇が、江戸の町を包み込んでいる。

「待っておれ雅代、わしが必ず、大名の奥方にしてやる」

青痣《あおあざ》だらけの背中をさすられて、雅代は身を縮めた。顔を上げることもできぬほど、酷く痛めつけられていた。

怒りに触れたのは、やはり、人を殺さないでくれと言ったのがいけなかった。でも黙っていられなかった。なぜなら五葉一右衛門の家には、必ず信平と兄がいると思ったからだ。

信平の武勇伝に触れたことがない雅代は、狩衣を着ている信平のことを、刀剣よりも、蹴鞠《けまり》と詩を好む京の貴公子のような殿様だと思っている。長屋の者たちも誰一人、信平が剣技に優れた殿様だとは言っていないのも、雅代を不安にさせたのだ。

「お願いします。人を、殺さないで」

声を振りしぼったが、返事のかわりに横腹を蹴られた。

呻いて丸まる雅代を抱き起こした円十郎は、乱れて頬に垂れ下がった髪の毛を指で上げ、暴力とは真反対の優しい笑みを浮かべる。

「辛そうな顔も、美しいな。だが、お前のこの顔も、今日限り見納めだ。二度と、痛い目に遭わさぬし、辛い思いもさせぬ。わしが大名になれば、お前は家来たちの母となるのだからな」

「わたしは……」

「まあ、そう拒むな。わしとお前は夫婦なのだ。共に、のし上がるぞ」

円十郎はそう言うと立ち上がり、衣桁《いこう》に飾っていた美しい柄の打掛《うちかけ》で雅代の身体を包んだ。

「これまでのこと、許せ」

立ち去る円十郎は、雅代が呼び止めても、振り向かなかった。

身体中の痛みは、いったいなんなのか。

ここにきて、どの顔がほんとうの円十郎なのか分からなくなった雅代は、茫然《ぼうぜん》とした。

弟と手下たちを引き連れて暗闇を走った円十郎は、日本橋の通りに入ると、前方から来るちょうちんの明かりを見据えて、弟と手下たちを二手に分けて路地に潜んだ。闇に溶け込む色合いを纏う者たちの姿は、ちょうちんの明かりでは近くに行かないと人と判別できない。

通りを歩いてきた御先手組の手勢から一人抜け出し、路地の入り口で立ち止まった。だが、奥まで入らぬため、そこに一味が潜んでいるのを見つけられず、

「異常なし」

こう声をかけて列に戻ってゆく。

反対側に潜んでいる者たちも見つからなかった。

もう慣れている一味は、御先手組が遠ざかるのを路地から出て確かめると、通りの左右に分かれて商家の軒下を進む。

五葉家の裏門に到着した円十郎は、加納屋よりも高い塀に末の弟を放り上げるのではなく、人梯子を作らせた。

身体が大きな五番目の弟を塀に向いて踏ん張らせ、四番目の弟が五番目の弟の両肩

に足を載せる。そうやって四人ほどで人梯子を作れば、塀の上まで達する。

「行け」

円十郎が命じたのは、末の弟ではなく次介だ。

気は弱いが剣の腕が立つ次介は、用心棒が来れば斬り殺すつもりで刀を手に、人梯子になっている弟たちの身体をよじ登ると、塀の向こうに飛び下りた。

裏庭に仕掛けはない。

次介はしゃがんで気配を探り、裏木戸の閂《かんぬき》を外した。

今回は末の弟も中に入り、五葉家の者たちを皆殺しにしたあとで、長澤の屋敷に控えている仲間に知らせに走ることになっている。そこから荷車を引いてこさせ、金を運ぶ手筈だ。

母屋の裏手に揃った一味は、円十郎の合図で刀を抜いた。ゆっくりと雨戸を外し、そっと忍び込む。

手当たり次第に殺し尽くす気で部屋の障子を開けたのだが、誰もいない。

「様子が変だぞ」

次介が小声で言い、皆が手分けをして各部屋を確かめたが、あるじ一家はおろか、下男下女すらもいない。

「罠《わな》かもしれぬ。外を探れ」

円十郎の命を受けた二人が、路地と表の道を探りに出た。残った者たちはしゃがみ、役人が来れば斬り抜けるつもりでいる。

程なく戻った一人が、路地は誰も来る気配がないという。

続いて表を探っていた者が戻り、円十郎に告げた。

「見回りをする町役人が二人来たので潜んでいたところ、五葉家の話をしているのが耳に届きました。この家の者たちは下男下女にいたるまで、今日から箱根《はこね》の湯に浸かりに出ているそうです」

息を詰めていた手下たちからどよめきが起きた。

次介が円十郎に言う。

「留守番を一人も置いていないのは、例の仕掛けを過信しているからに違いありませんよ」

「いや、逃げたかもしれぬ」

「まさか、ばれたのですか」

「そうではない。大名が借財を申し込んだばかりだ。貸さなくては、命を奪われるのではないか」

「そっちですか」

「調べるぞ」

絵図面が頭に入っている円十郎は、金蔵がある奥の座敷に向かった。鶯《うぐいす》張《ば》りの廊下も、人がおらねば意味がない。鳴らしながら奥へと進み、調べを終えている部屋の前で止まった。

「中を照らせ」

応じた手下が、別の部屋から持ってきていた燭台《しょくだい》を中に入れ、蠟燭《ろうそく》に火を灯した。明かりに浮き上がるのは、黒光りがする床と、漆喰で固められた部屋だ。広さは六畳ほどある。

円十郎は、真っ白な漆喰の中にある黒鉄の扉を指差す。

「ご丁寧に錠前までかけてあるが、金蔵の戸に見せかけた偽物だ。誰も入るんじゃないぞ」

そう言った円十郎は、一人で足を踏み入れた。

「兄上、大丈夫ですか」

「まあ見ていろ」

円十郎は鉄扉の前に行き、錠前に紐《ひも》を通して戻ってきた。

「賊が何も知らず蔵の前に集まり、錠前を開けようとすれば……」

紐を引くと錠前が動き、その途端に、黒光りしている床が中央で二つに割れ、大きな音と共に落ちた。

底を照らすと、大人の背丈の三倍は深さがある。

「長澤様の教えがなければ、今頃わしらは、この穴に落ちていた」

「この深さは、這い上がることはできませんね。危なかった」

次介がそう言って、皆と笑った。

「それで兄上、ほんとうの入り口はどこなのです」

「付いてこい」

円十郎が、まるで自分の家を案内するように廊下を進み、白壁の前で立ち止まった。

「この壁の中にあるが、あるじがおらぬとなると、ここからが難儀と思われるところだが」

「隠し扉ですね。打ち破りましょう」

次介が言うと、四番目の弟が、手下から掛矢を受け取ってきた。

「そんな物は必要ない」

円十郎は真顔で言い、柱を触って探り当て、押し込んだ。すると、ががらと音を発した白壁が右に動いた。そしてその中にあったのは、本物の鉄扉だ。どよめく手下を横目に、円十郎は二本の細い金具を懐から取り出し、鍵穴に挿し込んだ。

「闇夜の遠州様にかかれば、このような鍵はないも同じよ」

そう言っているうちに当たりを得た円十郎が金具を動かし、錠前を外した。蔵の鉄扉を引き開けると、ひんやりとした空気が流れてきた。手下が蠟燭の明かりを中に入れると、積まれた千両箱があった。

「ひいふうみい……」

中に入って数えた次介が、渋い顔で振り向く。

「話が違います。たったの一万両しかありません」

「中身はあるのか」

鋭い目を向けて問う円十郎に応じて、次介が千両箱を開け、小判を取り出して見せた。

円十郎は手分けをして屋敷の中を探すも、他に金はなかった。

「二十万両と聞いていただけに、一万両が少なく感じますね。しかしこれだけの大金を置いて逃げやしないでしょう」

自分も温泉に浸かりたいと言って笑う次介に、円十郎が真顔で言う。

「五葉も、噂ほどの財を持っていなかったということか。商人の中には、商売がうまくいっているよう見せるために、儲《もう》かっている噂を流す者がおるが、五葉もその手合いであろう」

次介が不安の声をあげる。

「でも一万両では、この仕事から抜けるのを長澤様が許さないのでは」

「心配するな。あのお方は、五葉家が潰れればそれでいいのだ。金を奪えば、奴は終わりよ。長澤様の敵である川上もな。引き上げるぞ」

命令に応じた手下たちが、千両箱を運び出した。

そのうち、末の弟が呼びに走った荷車が一台やってきた。

千両箱を積み終えた一味は、支度を整えて長澤の屋敷に向かった。

「そこの荷車を引く者、待て」

後ろから呼び止めたのは、見回りをしていた町役人だ。

足を止めた一味は、黒装束を裏返して荷を運ぶ人足の格好をしており、円十郎のみが、紋付き袴の武家になりすましている。

近づいた町役人は、ちょうちんで荷車を照らしながら問う。

「五葉家の路地から出てきたが、このような夜中に何を運んでいるのです」

円十郎は、居丈高に答える。

「我らは、奏者番である長澤家の者だ。町方風情が呼び止めるとは何ごとか」

町役人の二人は、臆した顔をした。

「これは、大変失礼いたしました。このあたりは先日も盗っ人が出ましたもので、警戒をしておりました」

「思い違いをいたすな。我らは五葉家から出たのではない。その裏手にある船着き場に到着した、領地からの荷を運んでおるのじゃ」

「ご無礼をいたしました」

頭を下げて引き上げる二人を目で追った円十郎は、

「先手組が来る前に急げ」

弟たちに小声で命じ、足を速めた。

無事長澤の別邸に到着した一味は、開けられた表門から中に入った。

待っていた長澤の用人が円十郎をねぎらう。

「ご苦労だった。酒肴を用意しておるゆえ、休むがよいぞ」

用人はそう言ったが、荷車を見て表情を険しくした。

「おい待て、荷が少ないではないか」

円十郎は真顔で答える。

「長澤様は、まんまと五葉に騙されていたのだ。屋敷中を探したが、一万両しかなかった」

「まさか、そんなはずはない」

「嘘だと思うなら、今から行ってその目で確かめてみろ。五葉家の者は箱根に行っており留守だ」

用人は愕然とした。

「では、一右衛門は生きておるのか」

「おらぬものは殺せん」

「しかしそれでは、殿が許されぬぞ。何ゆえ押し入る前に調べなかったのだ」

「蔵の中身を調べられるものか」

「そうではない、一右衛門がおるかどうかじゃ。奴が生きておるなら、お前たちを使う意味がないではないか」

「なるほど、押し込み強盗に殺されたことにしなければ、長澤が暗殺を疑われるというわけだな」

そう言ったのは、円十郎ではない。

野太い声がした表門に、皆が振り向く。すると、閉めている門の前に大男が入っていた。

「何奴だ！」

用人が怒鳴るも、大男は背を向けて大門扉を開けた。表には高張りちょうちんが無数にあり、御用と書かれている。

「町奉行所の者か」

円十郎が言い、用人がふたたび怒鳴る。

「ここをどなたの屋敷だと思うておるか！」

すると、大男の横に紋付き袴姿の男が来た。用人が指差す。

「おい！　おかめ顔の町方！　手討ちにされとうなかったら、そこから一歩も入るでない」

「北町奉行所与力の五味正三に、そのような脅しは通じぬぞ」

「与力だろうがなんだろうが、ここは奏者番の長澤家だ。去れ！」

「盗っ人一味を前にして、はいそうですかと引くわけがないでしょう」

五味は飄々と、捕り方を率いて門の敷居《しきい》をまたいだ。そして言う。

「ただの町方与力と思ったら大間違いですぞ。それがしは、鷹司松平信平殿の友だ」

「何……」

「こちらは、その信平殿の家来だ。つまり、我らは信平殿の命を受けて、盗っ人を捕らえに来たというわけだ。屋敷は囲んでいるから、逃げられないぞ」

「おのれ！」

刀を抜いた用人だったが、佐吉が抜いた大太刀を見て愕然とした。

「や、奴は化け物か」

「おう！」

佐吉がふたたび大声を張り上げると、用人たちはびくりとして下がった。

だが、円十郎と弟たちは恐れなかった。これまで数多の命を奪っているだけに、捕まれば死を意味するからだ。

円十郎が憎々しげな顔で問う。

「我らのほんとうの狙いに気付いて、五葉家の者を逃がしていたのか」

「いかにもそうだ。一万両は見せ金として、一右衛門が残していたものだ」

「おのれ……」

「あきらめろ」

五味が説得するように言うも、従わぬ。

「森家のために、押し通るぞ！」

円十郎の号令に、弟たちは一斉に抜刀する。

「やれ！」

「おお！」

兄弟たちは気合をかけ、門を固める佐吉たちに向かっていった。

佐吉が大太刀を振り上げ、

「死にたいのか！」

空気が揺れんばかりの声を張り上げると、円十郎に金で雇われている手下どもは怯んで止まった。

円十郎と弟たちは、気合をかけて佐吉に襲いかかった。

大太刀で峰打ちに薙《な》ぎ払われた五男と六男が、腹を押さえて苦しむと、五味が同心たちに捕らえるよう命じた。

末の弟が、闘志をむき出しにして刀を抜いた。

同心たちは、まだ幼さが残る末の弟に対し、数多の罪なき人を殺めた下手人として容赦しない。

捕り方たちが六尺棒で刀を打ち落とすと、

「それ！」

一斉に飛びかかり、抵抗する末の弟を力ずくで押さえつけた。

六尺棒を持った五味が、佐吉に加勢する。棒を持てば人が変わったように強くなる五味は、刀を振り上げてかかってきた二人を打ち倒し、円十郎に言う。

「あきらめて大人しくしろ！」

「町方風情が黙れ。わしは旗本だぞ」

大声を張り上げる円十郎を守り、次介が前に出た。

「兄上、お逃げください」

言うなり、気合をかけて佐吉に斬りかかった。

だが、佐吉が大太刀で弾き飛ばす。

「うっ」

あまりの力の差に目を見張った次介に、佐吉が切っ先を向ける。

「弱き者たちを手にかけて、強くなった気でいたか。この大馬鹿者め！」

次介はうな垂れ、捕り方たちに取り押さえられた。

弟たちが捕縛され、一人だけ残った円十郎は、それでも佐吉に刀を向けた。

「わしを待つ者がおる。ここで終わるわけにはいかんのだ！」

「受けて立つ！」

大太刀を正眼に構えた佐吉に、円十郎は刀身を下げて迫ると、逆袈裟に斬り上げた。

佐吉が大太刀で受け止め、刀身を押さえ込もうとしたが、円十郎はそれを待っていたように受け流し、足を狙って振るってきた。

だが、佐吉が刃を鍔《つば》で受け止め、右の手首をつかんで力を込める。

怪力に骨がきしむ円十郎は叫び、刀をにぎる手に力が入らなくなり、左腕だけで佐吉の腕に突き刺そうと振り上げる。

いざ刺そうとした時、右の手首から妙な音がした。へし折られたのだ。

「ぐああ」

激痛に刀を振るうこともできない円十郎は、両膝をついた。それでも佐吉は、閻魔《えんま》のような形相で力をゆるめぬ。

円十郎は怒りに満ちた声を吐き、刀を佐吉の太腿に突き刺そうとした。だが、その前に大太刀の柄頭を頭のてっぺんに打ち下ろされ、気を失った。

十五

真っ暗な中で横たわっていた雅代は、物音に気付いて頭をもたげた。すると、障子に明かりが近づき、開けられた。二人の男に、雅代は見覚えがあった。椿長屋に来た二人組だ。

久治が舌なめずりをする。

「お前が足を切ってくれたおかげで、おれは留守番だ。しかも円十郎は、今日限りで盗っ人から足を洗うと抜かしおったから、おれたちは一味を抜けて江戸を去ることにした」

もうひとりが続く。

「武家になりやがる円十郎を殿と崇《あが》めて、真面目に暮らせと言われてもな、おれたちは骨の髄まで盗っ人だ。真っ当な暮らしなど、できるはずもないのだ」

雅代は望みをかけた。

「円十郎を裏切るのなら、わたしも逃がしてください」

二人は顔を見合わせて笑った。蠟燭の明かりに浮かぶ横顔の陰影が冷酷に見えた雅代は、身の危険を感じて表情を強張らせた。

右足を引きずりながら近づく久治に、雅代は声を張る。

「何をするのです」

「怖がることはない。このままでは、お前は円十郎に飼い殺しにされるだけだ。それよりも、おれたちと一緒に来い。楽しく暮らそうではないか。こんなに痛めつけられて、可哀そうに」

頰に手を伸ばすのかと思いきや、久治は胸元に手を入れてきた。縛られて抵抗できない雅代は、声を張り上げた。

「やめてください」

「そう言うなよ。今日からお前は、おれたちの……」

久治ははっとした。目の前に、相方が倒れてきたからだ。

「おいどうした」

すると相方は、廊下を指差して気を失った。

振り向くと、女がいた。眼光が鋭く忍び装束を纏っているのは、お初だ。

「おのれ！」

脇差を抜いた久治が斬りかかると、お初は小太刀で受け流し、後頭部に回し蹴りを食らわせた。

庭まで飛ばされた久治は、ぴくりとも動かない。

重之介が来て、お初に頭を下げた。

「かたじけのうございます」

「いえ」

身を引いたお初は、闇に溶け込むように去っていった。

「兄上」

声に応じて駆け寄った重之介は、縄を解いてやりながら言う。

「信平様のご家来が助けてくださったのだ。もう安心しろ。円十郎は今頃、捕らえられているそうだ。痛いか」

雅代は首を横に振り、兄に抱き付いた。

「大丈夫だ。もう円十郎から逃げなくていいんだ」

うなずいた雅代は、浪人たちを縛りにかかる重之介に言う。

「円十郎は、誰かに操られているようでした」

浪人を縛り終えた重之介は、笑みを浮かべる。

「そのことも、もう心配しなくていい。さ、帰ろう」

重之介に手を引かれて立ち上がった雅代は、表で待っていた町駕籠に乗った。

十六

出世の道を開くため、その筋の者たちにばらまく小判に添える文をしたためていた長澤は、ふと手を休め、家老の板倉に向く。

「吉報が遅いのではないか」

数えていた小判を銚子《ちょうし》に持ち換えた板倉が、あるじに注ぎ口を向けて答える。

「なにぶんにも二十万両という大荷物ですから、運ぶのに時を要しましょう。今しばらくのご辛抱です」

「うむ」

酌を受けた長澤が、盃を口に運ぶ手を止めて庭を見つめた。

「そこにおるのは誰だ」

部屋の明かりが届くところまで歩いてきたのは、表門を守らせている馬廻《うままわ》り役だった。

「殿……」

馬廻り役は声を出したのだが、呻き声に変わって倒れた。その背後には、黒い人影がある。凝視した長澤は、狩衣姿に息を呑んだ。

「貴様、信平……」

明かりの中に歩み出たのは、黒い狩衣と赤い指貫《さしぬき》を着けた信平だ。腰に帯びている鶯色の狐丸の柄頭が、蠟燭の明かりで光った。

信平を恐れていた長澤は、語らずとも呑み込んだようだ。殺気に満ちた目を向けて立ち、声を張り上げる。

「者ども！　急ぎ囲め！」

すると、襷がけをした家来たちが襖を開けて出てきた。この者たちは、戻った円十郎と一味を始末するため控えていたのだ。

二十五人は武芸に優れた選《え》りすぐりで、相手が信平と知って、より闘志を増すのだった。

「こ奴を斬って名を上げよ。やれ！」

「おう」

声を揃える二十五人は信平を囲み、間合いを詰めてくる。

信平は顔色を変えることなく告げる。

「そのほうたちのあるじは、許されぬ罪を犯した。もはや逃げられぬゆえ、無駄な血を流すな」

「黙れ！　斬れ！　早う斬れ！」

急《せ》き立てるあるじに応じた家来たちは、刀を引くつもりはないようだ。

信平は目を閉じた。

それを見た正面の家来が、一足飛びに斬りかかる。

選りすぐりだけに、太刀筋が鋭い。

だが、袈裟懸けに打ち下ろした刃は空を斬った。そしてその時には、信平は背後に立っている。

すれ違いざまに後頭部を手刀で打たれた家来は、振り向くことができずに意識を失い、地面に顔から倒れた。

信平の動きが速すぎるため、家来たちは何が起きたのか見えなかったのだろう。皆驚いた顔をしている。

「おのれ！」

正面の男が叫んだ。これは威嚇であり、阿吽《あうん》の呼吸で背後の者が信平に襲いかかった。

見なくとも、信平は気配を逃さぬ。

後頭部を斬るべく刀を振り下ろした男は、目の前から信平が消えたように見えた。そして空振りした時には、信平の黒い狩衣の袖が頬に当たり、己の後頭部に衝撃を受けて目の前が暗くなった。

倒れる男を見もしない信平は、正面にいる二人を見据えている。

この二人は、できる。

構えからそう察した信平は、左の手刀を立て、左足を前に出して対峙する。

正面の二人が正眼の構えのまま迫ると同時に、真後ろから槍が突き出された。これにも気を配っている信平は、穂先が背中に当たる寸前に身をひるがえしてかわし、柄をつかんで押す。

正面から迫っていた二人は、危うく同輩が突き出した穂先が胸に当たりそうになったが、辛《かろ》うじてかわした。

槍を止め、信平に振り向いた男は、二人にわしがやると言い、勇ましく頭上で槍を回して穂先を向ける。

「えい！」

鋭く突き出した槍の穂先が、すぱっと飛んだ。信平が狐丸で斬ったのだ。

目を見張った男は刀を抜こうとしたが、その時には、眼前に信平が来ている。すれ違いざまに足を斬られ、激痛に悲鳴をあげて倒れた。

遣い手である二人は、迫る信平に左右から同時に斬りかかった。

地を蹴った信平は、恐るべき跳躍をもって二人の頭上を飛び越える。

空振りをした二人は慌てて振り向き、信平に斬りかかろうとした。だが、目の前で狩衣の袖が舞い、その刹那に胸を斬られた。浅傷だが、動けば激痛に襲われた二人は、胸を押さえて片膝をついた。

信平が狐丸を右手に下げ、長澤に向く。

家来たちは信平を恐れて下がり、攻撃よりも、縁側に立つあるじを守って信平と対峙した。

家老の板倉が皆を分け、前に出てきた。この者は、信平の武勇伝は知れども、目にするのは初めてだ。

「公家《くげ》剣法など、我が兜割《かぶとわ》りの敵ではない」

抜いたのは、戦国伝来と豪語した太刀だ。

大上段に構え、じりじりと間合いを詰めてくるなり、気合をかけて打ち下ろした。

太刀筋が鋭く、信平は刃を受けずに引いてかわす。すると板倉は、ふたたび大上段に構えて間合いを詰めてきたのだが、右に足を運んだ。その刹那、長澤を守っている家来たちがしゃがみ、後列の者が弓を引いた。

射られた三本の矢を信平が斬り飛ばす隙を、板倉が逃さず太刀を打ち下ろす。

「やあっ！」

気合をかけた渾身《こんしん》の一撃を、信平はひらりとかわす。板倉の太刀が当たった石灯籠が両断され、崩れ落ちた。

刃こぼれがしていない太刀を右手に、板倉は信平を睨む。

「逃げてばかりおらずに、かかってこい！」

そんな板倉を見据えた信平は、右手の狐丸を真横にして、両手を広げた。

秘剣、鳳凰の舞の構えを見た板倉が、鼻で笑う。

「まるで雅楽であるな。そのような剣術、わしには通用せぬぞ」

言うなり、殺気を帯びた顔をして、猛然と迫る。

「おう！」

必殺の一撃が、両手を広げる信平に迫る。

その場にいる誰もが、信平が両断されると見たであろう。

だが、狩衣の袖が舞い、空振りした板倉は背後を取った信平に峰打ちされ、己が両断した石灯籠まで飛ばされた。

呻いた板倉は、兜割りの剣術で身体を鍛え抜いているだけに、信平の峰打ちに耐えて見せた。

自慢の太刀を地面に突き立て、恨みに満ちた目を信平に向けながら立ち上がる。震える切っ先を信平に向けて振り上げたのだが、血を吐いて倒れた。

「そこまでだ！」

勝ち誇った声で告げる長澤の横で、家来が火縄銃を構えて筒先を向けてきた。

長澤と向き合う信平は、己の背後にも鉄砲を構える者がいるのに気付いた。

「撃ち殺せ！」

長澤が命じた刹那、横で引き金を引こうとした家来の眉間に手裏剣が刺さった。陰ながら信平を守っていた鈴蔵が投げ打ったのだ。

昏倒する家来によりあらぬ方向へ撃たれた鉄砲の弾が、長澤を守っていた家来の身体を貫通し、二人同時に倒れた。

信平の背後で狙いを定めていた家来が、引き金を引く。

その前に動いた信平には当たらず、弾丸は壁に穴を空けた。

鉄砲を撃った家来は、迫る鈴蔵に小太刀で斬られた。

長澤は逃げようとしたが、信平が左腕を振るって飛ばした隠し刀で足を貫かれ、呻いて柱に寄りかかり、倒れずに堪えた。

眼前に狐丸を向けられた長澤は、歯をむき出しにして睨む。

「あきらめよ」

告げた信平に、

「黙れ！」

怒鳴った長澤は脇差を抜き、なおも抵抗をして逃げようとしたのだが、振り下ろした刃を信平にかわされた。同時に首を手刀で打たれた長澤は庭まで飛ばされ、地面に落ちた時には気を失っていた。

「おのれ！」

刀を振り上げた家来の一人が、信平の目を見て息を呑んだ。その眼は一点の曇りもなく澄み切っており、ひりひりとした剣気が伝わったのだ。

「罪を犯しておらぬ者まで捕らえるつもりはない」

信平の言葉で、家来たちの長澤に対する忠義心が薄れた。

一人が刀を背中に回して片膝をつくと、他の者もそれに倣い、信平に頭を下げた。

狐丸を鞘に納めた信平は、鈴蔵に縄を打たれて意識を取り戻した長澤に告げる。

「上様より沙汰があるまで、蟄居《ちっきょ》を命じる」

将軍家の縁者である信平の言葉を受け、長澤は意気消沈して首を垂れた。


長澤豊前守と板倉家老に切腹の沙汰がくだされたのは、二日後だった。

昼を過ぎて城から戻った善衛門が、居間でくつろいでいた信平に告げる。

「両名は今朝、この世を去ったとのことです。また円十郎とその一味には、打ち首獄門の沙汰がくだされましたぞ」

信平はうなずいた。

「命を奪われた者たちが、成仏してくれるよう願わずにはおれぬ」

そこへ、五味が顔を出した。

「それがしがお伝えしようと思っていたのに、ご隠居に先を越されてしまいましたな」

善衛門が言う。

「朝には分かっておったはずだ。今日は来るのが遅いではないか」

「松矢兄妹に教えてやろうと思って、鷹司町を回ってきたのですよ」

信平が問う。

「二人は、落ち着いていたか」

「一足遅く、出たあとでした」

信平は驚いた。

「麿は、重之介を与力にするよう佐吉に申しつけていたのだが……」

「説得したようですが、円十郎から逃げなくてよくなったので、遠州の掛川に帰って静かに暮らすと言って聞かなかったそうです」

善衛門が口をむにむにとやる。

「昨日殿に礼をしにまいった時は、そのようなことは言うておらなかったぞ」

「妹が、帰りたいと願ったそうです」

「円十郎が悪事を働いた江戸に残るのが、辛かったのかもしれぬな」

信平はそう言って、納得した。

五味が信平に言う。

「円十郎は早朝に打ち首となりましたが、死ぬ間際まで、雅代のことを言っていたそうです」

善衛門がまた口をむにむにとやった。

「心底惚れていたのなら、痛めつけずに可愛がってやればよかったのだ」

「身体を痛めつけるのも、好いていればこその仕打ちだったのではないですか。この世には、そういう人もいるんですよ」

五味が右の袖を上げて見せたのは、お初にひっかかれた爪痕だった。

「それとこれとは、違うと思うが……」

信平がぼそりと言うも、五味はまったく聞いていない様子で嬉しそうに笑っている。

「今日は何をしでかしたのだ」

善衛門に問われた五味は、鼻の下を伸ばして幸せそうな顔をしたものの、口には出さなかった。

「まあともあれ、賊を捕らえる糸口をくれた雅代と重之介には、幸せになってほしいですな」

五味にそう言われた信平は、旅路にいる兄妹を想いつつ、穏やかな気持ちでうなずくのだった。

本書は講談社文庫のために書下ろされました。

|著者|佐々木裕一　1967年広島県生まれ、広島県在住。2010年に時代小説デビュー。「公家武者　信平」シリーズ、「浪人若さま新見左近」シリーズのほか、「若返り同心　如月源十郎」シリーズ、「斬！　江戸の用心棒」シリーズ、「この世の花」シリーズなど、痛快かつ人情味あふれるエンタテインメント時代小説を次々に発表している時代作家。本作は公家出身の侍・松平信平が主人公の大人気シリーズ、第16弾。

斬旗党《ざんきとう》　公家武者《くげむしや》　信平《のぶひら》（十六）
佐々木裕一《ささきゆういち》
© Yuichi Sasaki 2025
講談社文庫
定価はカバーに
表示してあります

2025年3月14日第1刷発行

発行者――篠木和久
発行所――株式会社　講談社
東京都文京区音羽2-12-21　〒112-8001
電話　出版　(03) 5395-3510
　　　販売　(03) 5395-5817
　　　業務　(03) 5395-3615
Printed in Japan
KODANSHA

デザイン―菊地信義
本文データ制作―講談社デジタル製作
印刷――株式会社KPSプロダクツ
製本――株式会社国宝社
落丁本・乱丁本は購入書店名を明記のうえ、小社業務あてにお送りください。送料は小社負担にてお取替えします。なお、この本の内容についてのお問い合わせは講談社文庫あてにお願いいたします。
本書のコピー、スキャン、デジタル化等の無断複製は著作権法上での例外を除き禁じられています。本書を代行業者等の第三者に依頼してスキャンやデジタル化することはたとえ個人や家庭内の利用でも著作権法違反です。

ISBN978-4-06-538523-4

講談社文庫刊行の辞

二十一世紀の到来を目睫に望みながら、われわれはいま、人類史上かつて例を見ない巨大な転換期をむかえようとしている。

世界も、日本も、激動の予兆に対する期待とおののきを内に蔵して、未知の時代に歩み入ろうとしている。このときにあたり、創業の人野間清治の「ナショナル・エデュケイター」への志を現代に甦らせようと意図して、われわれはここに古今の文芸作品はいうまでもなく、ひろく人文・社会・自然の諸科学から東西の名著を網羅する、新しい綜合文庫の発刊を決意した。

激動の転換期はまた断絶の時代である。われわれは戦後二十五年間の出版文化のありかたへの深い反省をこめて、この断絶の時代にあえて人間的な持続を求めようとする。いたずらに浮薄な商業主義のあだ花を追い求めることなく、長期にわたって良書に生命をあたえようとつとめるところにしか、今後の出版文化の真の繁栄はあり得ないと信じるからである。

同時にわれわれはこの綜合文庫の刊行を通じて、人文・社会・自然の諸科学が、結局人間の学にほかならないことを立証しようと願っている。かつて知識とは、「汝自身を知る」ことにつきていた。現代社会の瑣末な情報の氾濫のなかから、力強い知識の源泉を掘り起し、技術文明のただなかに、生きた人間の姿を復活させること。それこそわれわれの切なる希求である。

われわれは権威に盲従せず、俗流に媚びることなく、渾然一体となって日本の「草の根」をかたちづくる若く新しい世代の人々に、心をこめてこの新しい綜合文庫をおくり届けたい。それは知識の泉であるとともに感受性のふるさとであり、もっとも有機的に組織され、社会に開かれた万人のための大学をめざしている。大方の支援と協力を衷心より切望してやまない。

一九七一年七月

野間省一

講談社文庫 最新刊

今野 敏
署長シンドローム
「隠蔽捜査」でおなじみの大森署に〝超危険物〟!? 女性新署長・藍本《あいもと》小《さ》百合《ゆり》が華麗に登場！

薬丸 岳
刑事弁護人(上)(下)
現職警察官によるホスト殺人。被疑者の供述の綻《ほころ》びの陰には。リーガル・ミステリの傑作。

一穂ミチ
パラソルでパラシュート
29歳、流されるままの日々で、売れない芸人と出会った。ちょっとへんてこな恋愛小説！

佐々木裕一
斬 旗 党
〈公家武者 信平《のぶひら》(六)〉
旗本屋敷を襲い、当主の首まで持ち去る凶悪な賊「斬旗《ざんき》党《とう》」――信平の破邪の剣が舞う。

三嶋龍朗
協力 小泉徳宏
小説 父と僕の終わらない歌
世界中を笑顔にした感動の実話が映画化！アルツハイマーの父と、息子が奏でた奇跡。

碧野 圭
凜として弓を引く
〈奮迅篇〉
同好会から弓道部へ昇格！ 高校三年生になった楓《かえで》は、仲間たちと最後の大会に挑む。

講談社文庫 最新刊

風野真知雄
魔食 味見方同心㈣
〈おにぎり寿司は男か女か〉
おにぎりと寿司の中間のような食べ物が大流行。ところが店主が殺され、味見方が担当！

神楽坂 淳
夫には 殺し屋なのは内緒です 3
高利貸しを狙う人斬りが出現。それは正義なのか。同心の妻で殺し屋の月《つき》が事件解決へ！

神林長平
フォマルハウトの三つの燭台《しょくだい》
〈倭《やまと》篇〉
次々に発生する起こりえない事件。日本SF界の巨匠が描く、地続きの未来の真実とは？

講談社タイガ

天花寺《てんげいじ》さやか
京都あやかし消防士と災いの巫女
邪神の許嫁《いいなずけ》とあやかし消防士が、お互いの縁を信じて、神に立ち向かう青《ピュア》すぎる純愛譚！

芹沢政信
鬼皇の秘め若
双子の兄に成り代わって男装した陰陽師《おんみょうじ》が、鬼の皇子に見出された⁉ 陰陽ファンタジー開幕！

講談社文芸文庫

水上 勉

わが別辞 導かれた日々

小林秀雄、大岡昇平、松本清張、中上健次、吉行淳之介――冥界に旅立った師友への感謝と惜別の情。昭和の文士たちの実像が鮮やかに目に浮かぶ珠玉の追悼文集。

解説=川村 湊 年譜=祖田浩一

みB3
978-4-06-538852-5

埴谷雄高

系譜なき難解さ 小説家と批評家の対話

長年の空白を破って『死霊』五章「夢魔の世界」が発表された一九七五年夏、作者埴谷雄高は吉本隆明と秋山駿、批評家二人と向き合い、根源的な対話三篇を行う。

解説=井口時男 年譜=立石 伯

はJ9
978-4-06-538444-2

酒井順子　負け犬の遠吠え
酒井順子　朝からスキャンダル
酒井順子　忘れる女、忘れられる女
酒井順子　次の人、どうぞ!
酒井順子　ガラスの50代
佐野洋子　嘘ばっか〈新釈・世界おとぎ話〉
佐野洋子　コッコロから
佐川芳枝　寿司屋のかみさん　サヨナラ大将
笹生陽子　ぼくらのサイテーの夏
笹生陽子　きのう、火星に行った。
笹生陽子　世界がぼくを笑っても
沢木耕太郎　一号線を北上せよ〈ヴェトナム街道編〉
佐藤多佳子　一瞬の風になれ　全三巻
佐藤多佳子　いつの空にも星が出ていた
笹本稜平　駐在刑事
笹本稜平　駐在刑事　尾根を渡る風
西條奈加　世直し小町りんりん
西條奈加　まるまるの毬《いが》
西條奈加　亥子《いのこ》ころころ

佐伯チズ　改訂完全版 佐伯チズ式「完全美肌バイブル」〈123の肌悩みにズバリ回答!〉
斉藤　洋　ルドルフとイッパイアッテナ
斉藤　洋　ルドルフともだちひとりだち
佐々木裕一　公家武者 信平《のぶひら》〈消えた狐丸〉
佐々木裕一　逃げた名馬〈公家武者 信平(二)〉
佐々木裕一　比叡山の鬼〈公家武者 信平(三)〉
佐々木裕一　公《く》卿《ぎょう》の罠《わな》〈公家武者 信平(四)〉
佐々木裕一　狙われた旗本〈公家武者 信平(五)〉
佐々木裕一　赤い刀身〈公家武者 信平(六)〉
佐々木裕一　帝《みかど》の刀《とう》匠《しょう》〈公家武者 信平(七)〉
佐々木裕一　若君の覚悟〈公家武者 信平(八)〉
佐々木裕一　くもの頭領〈公家武者 信平(九)〉
佐々木裕一　宮中の誘い〈公家武者 信平(十)〉
佐々木裕一　雲《ひ》雀《ばり》の太刀〈公家武者 信平(十一)〉
佐々木裕一　決着の鬨《とき》〈公家武者 信平(十二)〉
佐々木裕一　姉妹の絆〈公家武者 信平(十三)〉
佐々木裕一　町くらべ〈公家武者 信平(十四)〉
佐々木裕一　影姫〈公家武者 信平(十五)〉
佐々木裕一　狐のちょうちん〈公家武者信平ことはじめ(一)〉

佐々木裕一　姫のため息〈公家武者信平ことはじめ(二)〉
佐々木裕一　四谷の弁慶〈公家武者信平ことはじめ(三)〉
佐々木裕一　暴れ公卿〈公家武者信平ことはじめ(四)〉
佐々木裕一　千石の夢〈公家武者信平ことはじめ(五)〉
佐々木裕一　妖《あや》し火〈公家武者信平ことはじめ(六)〉
佐々木裕一　十万石の誘い〈公家武者信平ことはじめ(七)〉
佐々木裕一　黄《よ》泉《み》の女〈公家武者信平ことはじめ(八)〉
佐々木裕一　将軍の宴〈公家武者信平ことはじめ(九)〉
佐々木裕一　宮中の華〈公家武者信平ことはじめ(十)〉
佐々木裕一　乱れ坊主〈公家武者信平ことはじめ(十一)〉
佐々木裕一　領地の乱〈公家武者信平ことはじめ(十二)〉
佐々木裕一　赤坂の達磨《だるま》〈公家武者信平ことはじめ(十三)〉
佐々木裕一　将軍の首〈公家武者信平ことはじめ(十四)〉
佐々木裕一　魔《ま》眼《がん》の光〈公家武者信平ことはじめ(十五)〉
佐々木裕一　暁の火花〈公家武者信平ことはじめ(十六)〉
佐藤　究《きわむ》　QJKJQ
佐藤　究　Ank : 〈a mirroring ape〉
佐藤　究　サージウスの死神
佐藤　究　トライロバレット

講談社文庫　目録

佐野晶 三田紀房・原作　小説アルキメデスの大戦
澤村伊智　恐怖小説キリカ
さいとう・たかを 戸川猪佐武 原作　歴史劇画 大宰相〈第一巻 吉田茂の闘争〉
さいとう・たかを 戸川猪佐武 原作　歴史劇画 大宰相〈第二巻 鳩山一郎の悲運〉
さいとう・たかを 戸川猪佐武 原作　歴史劇画 大宰相〈第三巻 岸信介の強腕〉
さいとう・たかを 戸川猪佐武 原作　歴史劇画 大宰相〈第四巻 池田勇人と佐藤栄作の激突〉
さいとう・たかを 戸川猪佐武 原作　歴史劇画 大宰相〈第五巻 田中角栄の革命〉
さいとう・たかを 戸川猪佐武 原作　歴史劇画 大宰相〈第六巻 三木武夫の挑戦〉
さいとう・たかを 戸川猪佐武 原作　歴史劇画 大宰相〈第七巻 福田赳夫の復讐〉
さいとう・たかを 戸川猪佐武 原作　歴史劇画 大宰相〈第八巻 大平正芳の決断〉
さいとう・たかを 戸川猪佐武 原作　歴史劇画 大宰相〈第九巻 鈴木善幸の苦悩〉
さいとう・たかを 戸川猪佐武 原作　歴史劇画 大宰相〈第十巻 中曽根康弘の野望〉
佐藤優　人生の役に立つ聖書の名言
佐藤優　戦時下の外交官〈ナチス・ドイツの崩壊を目撃した吉野文六〉
佐藤優　人生のサバイバル力
斉藤詠一　到達不能極
斉藤詠一　クメールの瞳
斉藤詠一　レーテーの大河
佐々木実　竹中平蔵 市場と権力「改革」に憑かれた経済学者の肖像

斎藤千輪　神楽坂つきみ茶屋〈禁断の盃《さかずき》と絶品江戸レシピ〉
斎藤千輪　神楽坂つきみ茶屋2〈突然のピンチと喜寿の祝い膳〉
斎藤千輪　神楽坂つきみ茶屋3〈想い人に捧げる鍋料理〉
斎藤千輪　神楽坂つきみ茶屋4〈頂上決戦の七夕料理〉
斎藤千輪　神楽坂つきみ茶屋5〈奄美の殿様料理〉
作画：蔡志忠　訳：和田武司　監修：野末陳平　マンガ 孔子の思想
作画：蔡志忠　訳：和田武司　監修：野末陳平　マンガ 老荘の思想
作画：蔡志忠　訳：和田武司　監修：野末陳平　マンガ 孫子・韓非子の思想
佐野広実　わたしが消える
佐野広実　誰かがこの町で
紗倉まな　春、死なん
桜木紫乃　凍原
桜木紫乃　氷の轍
桜木紫乃　起終点駅《ターミナル》
桜木紫乃　霧
司馬遼太郎　新装版 播磨灘物語 全四冊
司馬遼太郎　新装版 箱根の坂 (上)(中)(下)
司馬遼太郎　新装版 アームストロング砲
司馬遼太郎　新装版 歳月 (上)(下)

司馬遼太郎　新装版 おれは権現
司馬遼太郎　新装版 大坂侍
司馬遼太郎　新装版 北斗の人 (上)(下)
司馬遼太郎　新装版 軍師二人
司馬遼太郎　新装版 真説宮本武蔵
司馬遼太郎　新装版 最後の伊賀者
司馬遼太郎　新装版 俄 (上)(下)
司馬遼太郎　新装版 尻啖え孫市 (上)(下)
司馬遼太郎　新装版 王城の護衛者
司馬遼太郎　新装版 妖怪 (上)(下)
司馬遼太郎　新装版 風の武士 (上)(下)
司馬遼太郎　戦雲の夢〈レジェンド歴史時代小説〉
司馬遼太郎 海音寺潮五郎　新装版 日本歴史を点検する
司馬遼太郎 井上ひさし　新装版 国家・宗教・日本人
司馬遼太郎 陳舜臣 金達寿　新装版 歴史の交差路にて〈日本・中国・朝鮮〉
柴田錬三郎　お江戸日本橋 (上)(下)
柴田錬三郎　貧乏同心御用帳
柴田錬三郎　新装版 岡っ引どぶ〈柴錬捕物帖〉
柴田錬三郎　新装版 顔十郎罷り通る (上)(下)

砂川文次　ブラックボックス
瀬戸内寂聴　新寂庵説法　愛なくば
瀬戸内寂聴　人が好き［私の履歴書］
瀬戸内寂聴　白　道
瀬戸内寂聴　寂聴相談室　人生道しるべ
瀬戸内寂聴　瀬戸内寂聴の源氏物語
瀬戸内寂聴　愛する能力
瀬戸内寂聴　藤　壺
瀬戸内寂聴　生きることは愛すること
瀬戸内寂聴　寂聴と読む源氏物語
瀬戸内寂聴　月の輪草子
瀬戸内寂聴　死に支度
瀬戸内寂聴　新装版　寂庵説法
瀬戸内寂聴　新装版　蜜と毒
瀬戸内寂聴　新装版　花《か》怨《えん》
瀬戸内寂聴　新装版　祇園女御《ぎおんにょうご》(上)(下)
瀬戸内寂聴　新装版　かの子撩乱
瀬戸内寂聴　新装版　京まんだら(上)(下)
瀬戸内寂聴　いのち
瀬戸内寂聴　花のいのち
瀬戸内寂聴　ブルーダイヤモンド〈新装版〉
瀬戸内寂聴　97歳の悩み相談
瀬戸内寂聴　その日まで
瀬戸内寂聴　すらすら読める源氏物語(上)(中)(下)
瀬戸内寂聴・訳　源氏物語　巻一《まきいち》
瀬戸内寂聴・訳　源氏物語　巻二《まきに》
瀬戸内寂聴・訳　源氏物語　巻三《まきさん》
瀬戸内寂聴・訳　源氏物語　巻四《まきし》
瀬戸内寂聴・訳　源氏物語　巻五《まきご》
瀬戸内寂聴・訳　源氏物語　巻六《まきろく》
瀬戸内寂聴・訳　源氏物語　巻七《まきしち》
瀬戸内寂聴・訳　源氏物語　巻八《まきはち》
瀬戸内寂聴・訳　源氏物語　巻九《まきく》
瀬戸内寂聴・訳　源氏物語　巻十《まきじゅう》
瀬尾まなほ　寂聴さんに教わったこと
先崎　学　先崎 学の実況！　盤外戦
妹尾河童　少年H(上)(下)
瀬尾まいこ　幸福な食卓
関原健夫　がん六回　人生全快
瀬川晶司　泣き虫しょったんの奇跡　完全版〈サラリーマンから将棋のプロへ〉
瀬名秀明　魔法を召し上がれ
仙川　環《たまき》　幸福の劇薬〈医者探偵・宇賀神晃〉
仙川　環　偽装診療〈医者探偵・宇賀神晃〉
瀬木比呂志　黒い巨塔〈最高裁判所〉
瀬那和章　今日も君は、約束の旅に出る
瀬那和章　パンダより恋が苦手な私たち
瀬那和章　パンダより恋が苦手な私たち2
蘇部健一　六枚のとんかつ
蘇部健一　六とん2
蘇部健一　届かぬ想い
曽根圭介　沈底魚
曽根圭介　藁《わら》にもすがる獣たち
染井為人　滅茶苦茶
園部晃三　賭博常習者
田辺聖子　ひねくれ一茶
田辺聖子　愛の幻滅(上)(下)
田辺聖子　うたかた

田辺聖子 春情蛸の足
田辺聖子 蝶花嬉遊図
田辺聖子 言い寄る
田辺聖子 私的生活
田辺聖子 苺をつぶしながら
田辺聖子 不機嫌な恋人
田辺聖子 女の日時計
谷川俊太郎訳 和田誠絵 マザー・グース 全四冊
立花隆 中核VS革マル(上)(下)
立花隆 日本共産党の研究 全三冊
立花隆 青春漂流
高杉良 労働貴族
高杉良 広報室沈黙す(上)(下)
高杉良 炎の経営者(上)(下)
高杉良 小説 日本興業銀行 全五冊
高杉良 社長の器
高杉良 その人事に異議あり〈女性広報主任のジレンマ〉
高杉良 人事権!
高杉良 小説消費者金融〈クレジット社会の罠〉

高杉良 小説 新巨大証券(上)(下)
高杉良 局長罷免―小説通産省
高杉良 首魁《しゅかい》の宴《うたげ》〈政官財腐敗の構図〉
高杉良 指名解雇
高杉良 燃ゆるとき
高杉良 銀行大合併〈短編小説全集(上)〉
高杉良 エリートの反乱〈短編小説全集(中)〉
高杉良 金融腐蝕列島(上)(下)
高杉良 勇気凜々
高杉良 混沌《こんとん》 新・金融腐蝕列島(上)(下)
高杉良 乱気流(上)(下)
高杉良 小説 会社再建
高杉良 新装版 懲戒解雇
高杉良 新装版 大逆転!〈小説 三菱・第一銀行合併事件〉
高杉良 新装版 バンダルの塔
高杉良 第四権力〈巨大メディアの罪〉
高杉良 巨大外資銀行
高杉良 最強の経営者〈アサヒビールを再生させた男〉
高杉良 リベンジ〈巨大外資銀行〉

高杉良 新装版 会社蘇生
竹本健治 新装版 匣《はこ》の中の失楽
竹本健治 囲碁殺人事件
竹本健治 将棋殺人事件
竹本健治 トランプ殺人事件
竹本健治 狂い壁 狂い窓
竹本健治 涙《るい》香《こう》迷《めい》宮《きゅう》
竹本健治 新装版 ウロボロスの偽書(上)(下)
竹本健治 ウロボロスの基礎論(上)(下)
竹本健治 ウロボロスの純正音律(上)(下)
高橋源一郎 日本文学盛衰史
高橋源一郎 5と34時間目の授業
高橋克彦 写楽殺人事件
高橋克彦 総門谷
高橋克彦 炎《ほむら》立つ 壱 北の埋み火
高橋克彦 炎立つ 弐 燃える北天
高橋克彦 炎立つ 参 空への炎
高橋克彦 炎立つ 四 冥き稲妻
高橋克彦 炎立つ 伍 光彩楽土〈全五巻〉

講談社文庫　目録

2024年12月13日現在